한국사 비사秘史 열전 1

조선시대 노비의
여주인 '강간 사건'

한국사
비사秘史
열전

1

조선시대 노비의
여주인 '강간 사건'

장원섭 글

푸른영토

우리 역사 속 시간 여행을 이어가며

요즈음 갈수록 역사 책을 읽는 사람들이 줄어든다고 한다. 어려운 내용이 두꺼운 역사책에 들어 있어서 책을 펼치기가 망설여지기 때문이란다.

그렇다면, 우리에게는 역사 소설이라는 훌륭한 대안이 있다. 역사 소설은 실제로 있었던 역사적 사건과 인물을 바탕으로 창의적인 상상력을 더하여 생생한 이야기를 선사해주기 때문이다.

역사는 단순히 과거의 기록이 아니다. 인간의 삶과 꿈, 고뇌와 열정이 녹아있는 살아있는 이야기이다. 사랑과 이별, 희망과 절망, 그리고 인간의 숭고한 감정들이 어우러진 삶의 기록이기도 하다.

역사적 사실과 상상력의 조화는 독자들에게 몰입감 넘치는 경험을 선사하며, 역사에 대한 새로운 시각을 제시하는 재미도 있다. 역사는 우리에게 교훈을 주고, 미래를 향한 통찰력을 제공하며, 무엇보다 흥미진진한 스토리텔링의 보고寶庫이다.

역사 속 실제 사건과 인물을 배경으로 상상력을 더하게 하는 필자의 이야기 전개 방식은 독자 여러분을 흥미로운 이야기 속으로 빠져들게 할 것이다. 그것은 역사적 사건들을 독특한 방식으로 재해석하는 것이기 때문이다.

필자가 시도하는 이런 방식의 접근은 역사의 대중화라는 명제에 동참하는 것이기도 하다.

『장원섭 교수의 자투리 한국사1』이 세상에 나온 지도 벌써 3년이 지나가고 있다. 독자들과 약속한 2집이 세상에 나오기까지 그만큼의 산고産苦가 있었음을 고백하지 않을 수 없다.

2집을 편집하면서 독자들에게 더 많은 자투리 역사를 전달하기 위해 푸른영토 편집부의 제안에 따라 다이제스트 방식으로 이어가기로 했다. 그래서 책의 제목을『한국사 비사 열전』으로 바꾸었다.

앞으로『한국사 비사 열전』에서 후속편으로 이어질 내용들은 하나의 역사적 사건과 인물을 통해 당시 사회의 배경들을 진단하고 그 속에서 주인공의 행적을 통해 인간으로서의 고뇌를 함께 느끼며 더 많이 이해하려고 한다. 물론 사건의 실체적 진실에 훼손이 가지 않는 범위임은 두말할 필요가 없다.

그러므로 당연히『장원섭 교수의 자투리 한국사』시리즈는 계속될 것이고, 약속드린 대로 그 끝이 어딘지 알 수도 없다. 조언해주신 푸른영토의 김왕기 대표님과 편집부 직원께 깊이 감사드린다.

독자 여러분은『한국사 비사 열전』시리즈를 통해 자투리 한국사의 흥미진진한 스토리텔링 진수眞髓를 맛볼 수 있을 것으로 믿는다.

2025년 12월
양주 천보산 자락에서 장원섭

차례

신문고를 울려라

천신만고 끝에 드디어 숭례문崇禮門(오늘의 남대문)에 들어섰다.

통금 시간이 해제된 지 얼마 지나지 않은 듯, 새로 교대한 수문장들이 성문을 드나드는 사람들을 무심한 모습으로 살펴보고 있었다.

그리 중요한 일이 일어난 것도 아니고 평소와 다름없는 일상적인 일이 반복되고 있으니, 도성 문을 지키는 군졸도 매번 하던 대로 움직이고 있었다.

어둠이 걷히고 햇살이 거리를 비추자 거리를 오가는 사람들이 조금씩 늘어나기 시작했다.

도성 안으로 들어왔다는 것이 믿기지 않은 듯 내은이는 계속 좌우를 두리번거렸다.

가쁜 숨을 내쉬며 남태령을 넘은 지 얼마나 흘렀을까? 아직
도 뒤에서 누가 금방 추격해올 것 같은 불안감이 가슴을 짓눌
렀다.

만복萬福이가 이끄는 대로 여기까지 힘들게 왔지만, 이제는
더 이상 움직일 수 없을 정도로 지쳐 있었다.

다리는 오금이 당기고 발바닥에는 물집이 잡혀, 조금만 걸
음을 옮겨도 심한 통증이 몰려왔다. 여자의 몸으로 이렇게 먼
길을 걸어보기는 처음이었다.

우수雨水가 막 지났지만 새벽 공기는 여전히 차가웠다. 아직
은 겨울이었다. 내은이는 두 손을 입으로 가져가 입김을 불어
넣으며 어금니를 깨물었다.

'그래도 가야 한다. 분하고 억울함을 고변하고, 동생들을 구
해야 한다.'

내은이內隱伊는 지난 며칠 동안 일어났던 일을 떠올리며 몸
서리를 쳤다. 온몸은 땀으로 흠뻑 젖어 끈적거림이 계속 밀려
왔다. 저고리 사이로 스며드는 바람은 너무 시리고 아팠다.

내은이는 다시 앞섶을 여미며 만복이를 따라가다가도 계속
뒤를 돌아보곤 했다.

"아씨, 이쪽입니다요."

만복이가 오른쪽을 가리켰다. 내은이는 고개를 끄덕이며 눈

빛으로 알았다는 신호를 보냈다. 그러나 다리를 절뚝이며 걷는 탓에, 발바닥의 물집이 자극될 때마다 몹시 고통스러워 이마를 찡그렸다.

밤새 잠을 자지 못하고 걸었으니 눈도 절로 감겨왔다.

"아씨, 괜찮으세요? 좀 쉬었다 갈까요?"

만복이가 몹시 걱정스러운 얼굴로 오른쪽 길가의 나무 그루터기를 가리키며 내은이를 붙들었다.

"괜찮아. 빨리 가야지. 다 왔다면서…?"

내은이는 고개를 저으며 만복이를 향해 앞장서라는 손짓을 했다.

"알겠어요, 아씨. 저기를 돌아 왼쪽으로 조금만 더 가면 한성부漢城府가 나옵니다. 조금만 버티세요. 도성 안으로 들어왔으니 이젠 누가 쫓아도 괜찮아요."

만복이는 멀리 서 있는 느티나무 방향을 가리키며 말했다. 이른 아침이라 오가는 사람들이 많지는 않았지만, 오가는 사람들은 두 사람을 번갈아 보며 고개를 갸웃거렸다.

그도 그럴 것이 앞장서서 길 안내를 하는 청년 노비는 그렇다 해도, 절뚝거리며 힘겹게 뒤를 따르는 앳된 소녀의 행색은 너무나 이상했기 때문이었다. 사람들의 눈에는 분명 누군가에게 쫓기는 모양새로 보였다.

느티나무 삼거리를 돌아서자 맞은편에 큰 건물의 관아가 보였다. 오가는 사람들 사이로 문 앞에서 보초를 서는 군졸들도 보였다. 바로 한성부였다.

'한성부漢城府'라는 커다란 현판이 걸린 대문 입구에 서 있는 군졸들을 보자, 만복이가 손을 흔들며 소리쳤다.

"나으리, 도와주십시오! 여기요, 여기…!"

군졸들이 멀리서 손을 흔들며 소리를 지르는 두 사람을 발견하고 잠시 좌우를 두리번 거리더니 곧장 달려왔다.

지나가던 몇몇 사람들도 이게 무슨 일인가 싶어 걸음을 멈추고 군졸들이 달려가는 방향을 보고 있었다.

"여기요! 고변하려 합니다. 도와주십시오!"

만복이가 달려오는 군졸들을 향해 울먹이며 소리쳤다. 창을 든 군졸들이 달려오자, 대장으로 보이는 군졸이 만복이에게 물었다.

"무슨 일이냐?"

"우리 아씨가 억울한 일을 당했습니다요."

상황을 직감한 대장이 군졸들에게 도와주라고 지시했다. 군졸들이 내은이를 부축하자, 내은이는 긴장이 풀린 듯 길바닥에 쓰러졌다.

"아씨! 아씨… 한성부에 왔습니다. 정신을 차리세요. 아씨…!"

"만복아…. 신문고를… 쳐… 야…."

내은이는 눈을 가늘게 뜨고 관아 정문 옆 망부에 설치된 신
문고를 손가락으로 가리키며 몇 마디 중얼거리더니 그대로 고
개를 떨구었다. 긴장이 풀리면서 마침내 의식을 잃은 것이다.

"들것을 가지고 오너라!"

대장 군졸이 소리치자 군졸들이 달려와 내은이를 들것에 실
었다. 창백한 얼굴로 사지를 축 늘어뜨린 내은이는 들것에 실
리는 동안에도 죽은 듯 미동조차 하지 않았다.

군졸들이 내은이를 싣고 한성부 안으로 뛰어 들어갔다. 만
복이는 울면서 내은이의 짚신을 들고 그 뒤를 따랐다.

이들이 한성부 대문 안으로 사라지자 군졸들은 사람들을 향
해 모두 흩어지라고 손짓했다. 호기심에 몰려들었던 사람들도
이내 제 갈 길로 흩어졌다.

잠시 소란스러웠던 한성부 남부 관아 앞은 관원들의 재빠른
조치로 다시 평정을 되찾았다. 사람들이 흩어지자 관아 앞 거
리는 다시 평상시의 모습으로 돌아갔다.

스산한 바람 사이로 봄은 이미 한강을 건너고 있었다. 농사
일을 위해 도성을 빠져나가는 사람들은 분주히 오가고 있었
다. 우수雨水가 지나 봄기운이 도는 계절이었지만 아침 공기는

아직 서늘했다.

밤이 새도록 길고 길었던 내은이의 탈출은 이렇게 막을 내
렸다. 이제는 모든 일을 관아의 처분에 맡기면 된다.

태종 4년(1404) 겨울의 문턱을 갓 넘긴 춘삼월 중순, 조선
건국 이후 최초로 일어난 외거노비의 여주인 강간 사건은 이
렇게 세상에 전모가 드러났다.

그 사건은 조선 사회의 근간根幹을 뿌리째 흔든 대사건이
었다.

태종 이방원의 정치개혁

태종 이방원은 조선 초기의 사회 혼란을 종식시키기 위해 관제 개혁을 통한 왕권 강화에 온 힘을 쏟았다. 조선 조정에서는 중앙과 지방 제도를 정비하여 아직 남아 있던 고려의 잔재를 완전히 없애는 것이 가장 시급한 일이었다.

역대 신료들을 중심으로 정사가 이루어지던 의정부 서사제를 폐지하고, 육조六曹 직계제를 통해 관료들이 왕에게 직속되도록 하였다. 태종은 고려 말기에 과거에 급제하여 10여 년 동안 관리로 지낸 적이 있었으므로 관료들의 행태를 잘 파악하고 있었다. 이 때문에 과거 관료들이 가지고 있었던 여러 폐단을 과감하고 신속하게 정리할 수 있었다.

태종은 가장 먼저 사대부들이 거느리고 있던 사병私兵을 없애고 병권을 국가가 장악하도록 일원화했다. 의흥부義興府를 폐지하여 병조兵曹의 지휘권을 확정하는 등 군사 제도를 정비하여 국방력을 강화했다.

이리하여 신라 말부터 고려시대에 이르도록 각 지역의 실권자들이 개인적으로 거느리던 사병 조직은 사라졌고, 이들은 자연스럽게 농부가 되거나 국가의 군역에 편입되었다.

또한 토지 제도와 조세 제도를 정비하여 국가의 재정을 안정시켜 나갔다. 전국의 사찰寺刹을 정리하고 사찰이 소유하던 토지와 노비를 몰수하였다.

태종 2년(1402)에는 백성의 억울한 사정을 직접 풀어주기 위해 신문고申聞鼓

금오계첩金吾契帖, 19세기초 의금부

를 설치하고, 수도를 개경에서 한양으로 다시 옮기는 등 국가 전반에 걸쳐 대대적인 개혁을 단행했다. 주자소를 세워 동활자를 제작했고, 호포戶布를 폐지하고 저화楮貨를 발행하였다.

왕권 강화를 위해 자신을 왕으로 만들어준 공신들을 유배 보내거나 처형하기도 했다. 심지어 정사를 농단한다는 이유로 처남 네 명을 모두 죽였으며, 중전 원경왕후를 교태전交泰殿에 사실상 유폐시켜 왕비와 외척이 정치에 간섭하지 못하도록 했다.

태종의 강력한 왕권 강화 조치는 세종 대에 이르러 조선이 정치적으로 안정되고 문화·군사적으로 태평성세를 이루는 기반이 되었다.

불행의 서막 – 덫

조선 개국 초기, 한양에 판사判事 벼슬로 재직하던 이자지李
自知라는 고위 관료가 살고 있었다. 이 판사 부부는 남대문에서
그리 멀지 않은 남산 자락의 한강이 훤히 내려다 보이는 곳에
서 딸 셋을 데리고 단란한 가정을 이루며 살아가고 있었다.

그러나 평소 병약하던 이자지는 지병으로 고생하다가 끝내
세상을 떠났다. 이어 부인도 지아비를 잃은 상심으로 시름시
름 앓다가 곧 세상을 떠나고 말았다.

아버지를 여의고 얼마 지나지 않아 어머니까지 잃은 세 딸
은 큰 충격에 빠졌다. 하지만 슬퍼만 하고 있을 수는 없었다.
불과 열여섯 살 어린 나이에 집안의 가장이 되어버린 내은이
에게는 당장 해결해야 할 현실적인 문제들이 앞에 닥쳐 있었
기 때문이었다.

당시 여자 나이 열여섯이면 이미 시집을 갔어야 할 나이였지만, 부모가 지병으로 앓고 있어 병간호를 해야 했으므로 혼담을 받아들이기는 어려운 분위기였다.

이 판사 내외도 죽기 전에 딸 내은이內隱伊를 시집보내려 했으나, 효심이 지극한 그녀의 완강한 반대에 부딪혔다. 더구나 이 문제를 의논할 가까운 친척조차 없는 상황이어서, 부모로서는 그저 안타까운 마음으로 지켜볼 수밖에 없었다.

내은이는 동대문 밖 답십리에 산다는 먼 친척 어른과 이웃의 도움으로 간신히 부모상을 치렀다. 그녀는 우선 13살, 10살이 된 어린 두 여동생도 챙겨야 했다. 그리고 아들이 없었지만, 양반가의 법도에 따라 부모의 삼년상을 치러야겠다고 생각하고 준비하고 있었다.

다행히 그녀에게는 몸종 연지燕脂와 젊은 노비小奴 만복萬福이 있었다. 연지는 20대 중반의 나이에 마음씨 고운 여종으로 내은이와 두 동생을 극진히 챙겼다. 만복이도 내은이보다 두 살 위로 이제 제법 청년의 모습을 갖추기 시작했다.

두 사람 모두 이 판사 댁에서 내은이와 어릴 때부터 같이 지내온 사이여서 신분의 차이만 있었을 뿐, 각별하게 챙기는 사이였다.

그녀는 두 사람의 도움을 받으며 살림을 꾸려 나가야 했다.

두 사람은 늘 든든하고 믿음직하게 내은이를 도와가며 집안의 힘든 대소사를 챙겼다. 내은이는 황망한 가운데서도 연지와 만복이의 도움으로 그럭저럭 큰 어려움 없이 지낼 수 있었다.

어느덧 시간이 흘러 서서히 아침저녁으로 찬바람이 도는 계절로 접어들었다.

가을 추수가 끝나자, 이 판사의 논과 밭이 있던 과주果州(경기도 과천)에서 농사를 지으며 살던 가노家奴 실구지實仇知가 그의 동생과 함께 달구지를 끌고 찾아왔다.

실구지 형제는 한 해 동안 농사를 지어 수확한 농작물을 우마차에 가득 싣고 도착한 것이다. 그들은 경기도 과천에 살면서 이 판사 소유의 전답을 관리하고 농사를 지으며 살던 집안의 외거노비였다.

가을 추수가 끝나면 과주에서 지은 농작물을 가지고 집을 찾아와 납공納貢하는 것은 매년 연례행사처럼 이어지는 일이었지만, 이번에는 다소 분위기가 가라앉아 있었다. 어머니까지 돌아가시고 집안에 어른이 없어지자 과주에서 전답을 관리하는 노비들의 태도가 미묘하게 달라진 것을 피부로 느끼고 있었기 때문이었다.

집안 분위기의 변화는 어쩌면 피할 수 없는 일이기도 했다.

판사判事 이자지李自知

『고려사』 백관지百官志에 의하면, 고려 시대의 판사는 그 기관 소속이 아닌 다른 기관의 관료他官를 업무에 참여하게 할 때 주던 벼슬 가운데 하나였다.

판사는 타관 중 최고 등급에 해당한다. 실직實職(실제로 관직을 받아 근무하는 자리)과 겸해서 받는 관직이기에 겸판사兼判事라고도 한다. 판사는 전문성이 떨어지는 지방 관리를 감시하고 보필하기 위하여 중앙에서 파견한 관리였다.

중추원의 판사는 종2품이었다. 원래 품계가 종2품보다 낮은 자라도 이 관함을 통해 2품 대우를 받을 수 있었다. 삼사, 상서육부의 판사는 중서문하성 재신들이 맡았다.

재신들은 2품 이상이고, 삼사와 상서육부의 장관은 3품이기 때문에 여기의 판사직은 따로 품계가 없었다. 이들은 각 부서 장관 위에서 감독관 역할을 했다. 판사의 하위 등급으로는 지사, 동지사同知事 등이 있었다.

이처럼 고려시대에 특수한 권력 구조로 존재했던 판사라는 직함은 조선시대에 들어 제도적으로 체계화되는 과정을 거치고 있었다.

당시 조선은 개국한 지 얼마 되지 않았으므로 고려시대의 관직 제도가 그대로 유지되고 있었다. 도평의사사, 삼사, 사평부司評府, 중추원, 상서사, 합문閤門, 봉상시, 전중시殿中寺 등의 장관이 바로 그것이었다.

이자지도 고려 말의 '판사'라는 직함을 가지고 2품 정도의 품계에 상당하는

서울 남산골 한옥마을 전경

관직을 수행하고 있었던 것으로 보인다.

그의 이름이 다소 해괴하여 오늘날의 관점에서 보면 남성의 성기를 칭하는 비속어에 속하지만, 당시에는 김자지, 조자지, 박자지, 최자지 등과 같이 이름에 널리 쓰였다.

성리학적 가치관이 새로운 시대의 지성으로 널리 퍼져 나가던 추세 속에서 '自知'라는 이름은 성리학을 배우는 양반 가문에서 새로 태어나는 사내아이의 이름으로 짓는 하나의 유행처럼 번져 나가고 있었다. 즉, 열심히 학문에 천착해 '자신을 깨우치는 경지에 이르도록 한다.'라는 깊은 뜻을 담고 있었던 것이다.

실제로 『조선왕조실록』을 보면, 조선 초기에 이런 이름을 가진 고위 관료들이 상당히 많았음을 알 수 있다.

내은이는 걱정이 되어 늘 불안한 마음을 감출 수 없었다. 그녀는 집안에 어른이 없다는 것이 얼마나 두려운 일인지 실감하고 있었다.

실구지 형제는 우마차에 가득 싣고 온 쌀과 각종 농작물 등을 익숙한 솜씨로 창고에 일일이 쌓기 시작했다. 만복이와 연지는 이들을 도와 분주하게 움직였다. 두 동생은 마당을 이리저리 뛰놀며 깔깔대고 장난을 쳤다.

실구지 형제가 가끔 맞장구를 치며 어린 동생들이 뛰노는 것을 도왔다. 을씨년스럽던 집안에 모처럼 화기애애한 분위기가 돌았다. 내은이는 마당에서 과일을 먹으며 웃고 떠드는 어린 두 동생을 보며 빙긋이 웃었다.

곳간에 짐을 어느 정도 정리하자, 내은이는 연지를 시켜 사랑방에 다과상을 준비하도록 했다. 실구지가 집안일로 조용히 의논드릴 일이 있다며 독대를 청했기 때문이었다.

내은이가 사랑채에 자리를 잡고 주위를 물리자, 밖에서 기다리던 실구지가 들어왔다. 30대 초반의 나이에 오랜 농사일로 단련된 근육질 사내가 풍기는 위압감이 느껴졌다.

"거기 앉게."

내은이가 위엄을 갖추고 꼿꼿한 자세로 말했다. 비록 나이는 어렸지만, 그녀의 말에는 양반가 규수로서의 위엄이 배어

났다. 방 안으로 들어와 잠시 엉거주춤하게 서 있던 실구지가 조심스럽게 앉았다.

"고맙습니다, 아씨."

"그래, 무슨 일인가?"

"다름이 아니라, 아씨…."

실구지가 내은이의 안색을 살피며 약간 주저하다가 뜸을 들였다.

"말해 보게. 무슨 일인가?"

내은이가 순간 긴장하며 자세를 바로잡았다. 뭔가 썩 좋지 않은 말을 하려는가 하는 생각이 들었다.

"아, 예. 그러니까 그게…."

실구지가 조심스럽게 말을 이었다.

"말씀드리기가 좀 뭣합니다마는…. 주인 어르신 두 분이 이미 모두 돌아가신 지도 곧 1년이 다 돼 가지 않습니까요."

"그래서? 그게 뭐 어떻다는 말인가?"

내은이는 실구지가 무슨 말을 하려는지 얼른 이해되지 않았다.

실구지는 내은이의 눈치를 살피며 잠시 두리번거리더니 조심스럽게 말을 이었다.

"그러니까… 아씨께서 어린 아씨들과 과주로 내려와서 저희와 함께 살면 어떨까… 하구요…."

실구지는 고개를 들고 내은이를 바라보았다. 그는 놀란 나머지 눈을 크게 뜨고 자신을 보고 있는 내은이의 시선을 피하지 않고 말을 이었다.

"만약… 아씨께서 그리하시면 과주의 전답을 관리하기도 훨씬 편하지 않겠습니까요? 저희도 아씨를 더 잘 모실 수 있고요. 사실은… 저희도 일이 있을 때마다 과주에서 한양으로 오가는 것이 너무 힘이 듭니다요."

내은이는 한 번도 생각해 보지 않았던 일이라 너무 놀랐다. 과주의 가노들이 설마 그런 생각을 하고 있으리라고는 꿈에도 생각하지 못했던 일이었다.

사실 내은이는 과주의 전답 규모가 얼마인지 어머니가 돌아가실 즈음에야 겨우 알게 되었다. 그것도 장롱 속에 보관되어 오던 문서로만 확인했을 뿐, 토지와 노비의 관리를 어떻게 해야 하는지에 대해서는 아무것도 아는 게 없었다.

부모님이 살아계실 때부터 과주의 가노들이 연례행사처럼 늘 해오던 대로 해왔기 때문에, 특별히 불편한 것도 없었고 다른 생각을 해본 적이 없었다.

내은이는 이제 실구지의 말을 듣고 나니 비로소 현실이 실감 나기 시작했다. 그러고 보니 그녀로서는 당장 할 수 있는 일이 없어 보였다. 지금은 그들에게 의지할 수밖에 없는 것이 아닌가?

생각이 여기까지 미치자 내은이는 더럭 겁이 났다. 온몸에 힘이 빠지는 기분이었다. 하긴 최근 들어 내은이는 어린 나이에 집안을 이끌어 가기가 여간 어려운 일이 아니라는 걸 점점 깨닫고 있었다.

그런데 오늘 막상 이런 일을 마주하고 보니, 부모님께서 해 오셨던 대로 아랫것들을 관리하는 게 그리 만만한 일이 아닐 거라는 생각이 들었다.

그러나 한편으로는 마침내 올 것이 온 듯한 기분이었다. 실구지의 말을 듣고 보니 언젠가는 해결해야 할 문제였다. 그래도 너무나 무기력한 자신의 처지를 생각하자 그녀는 자신도 모르게 한숨을 쉬었다.

내은이가 대답을 못 하고 침묵을 지키자 방 안에는 무거운 분위기가 감돌았다. 실구지는 무릎을 꿇은 채 힐끔힐끔 내은이의 눈치를 살피고 있었다.

아버지 이 판사가 살아 있을 때는 감히 주인의 얼굴도 제대로 쳐다보지 못했던 가노였다. 그런데 지난해 아버지가 돌아가시고 어머니마저 곧이어 세상을 뜨자, 불과 얼마 지나지 않았는데도 집안의 분위기가 예전과는 달라졌다는 것을 그녀는 느끼고 있었다.

과주에 살면서 집안의 전답을 관리하는 가노들도 주인들을 대하는 태도가 많이 바뀌었음을 체감할 수 있었다. 집안에 나이 어린 여자 셋만 남게 되자 그동안 조심스러워하던 태도들이 미묘하게 달라지고 있었던 것이다.

이대로 언제까지 침묵을 지킬 수는 없었다. 내은이는 이럴 때일수록 주인으로서의 위엄을 잃어서는 안 된다고 생각했다. 그녀는 얼굴빛을 가다듬고 근엄한 자세로 실구지에게 말했다.

"예로부터 여자의 도리는 안방문閨門을 나가는 것이 아니라고 했다. 하물며 비록 내가 여자이지만 지금 부모님 상중喪中에다 삼년상도 지나지 않았는데 어떻게 이 집을 떠날 수 있겠느냐?"

내은이의 말은 단호했지만, 목소리는 약간 떨리고 있었다. 그래도 양반가 규수로서 글을 읽었고 법도도 배운 터라 그녀의 말과 태도에는 위엄이 배어 있었다.

내은이의 말이 끝나자, 실구지의 표정이 살짝 일그러졌다. 내은이는 손바닥에 땀이 고이는 듯한 기분을 느끼고 옷 속에서 주먹을 폈다 감았다 하는 동작을 몇 번 반복했다.

실구지는 내은이의 반응은 짐작한 대로라고 생각했다. 당연히 그럴 수밖에 없을 거라 여겼다. 그러나 그는 이대로 물러

서서는 안 된다고 마음먹었다. 자기들이 모여 의논한 대로 내질러야 한다. 물러서면 아무것도 얻어낼 수 없다. 어디 첫술에 배가 부르겠는가?

"아니… 아씨. 제발 생각 좀 해보세요."

실구지가 상체를 세우고 정면으로 내은이를 보며 말했다. 내은이는 그의 태도가 이미 평소에 익히 봐왔던 아랫것들의 태도가 아니라는 생각이 들었다.

"아씨. 지금 집안의 의식주가 모두 과주에서 농사를 짓고 있는 우리 형제들 손에 달려 있는데… 저희 형제의 청대로 하지 않으면 대체 어쩌겠다는 겁니까?"

이건 아예 대놓고 협박이었다. 내은이는 속으로 놀라 움찔했지만, 평정심을 찾으려 애썼다. 내은이가 몹시 당황한 표정을 짓자 실구지가 굽히고 있던 상체를 일으켰다.

"정 그렇다면 과주의 전답을 관리하는 일은 아씨께서 알아서 하시지요. 저희도 이제는 지쳤습니다…."

실구지는 다시 자세를 숙였다. 고개를 들어 직접 내은이를 보지 않고 상체를 숙인 채 곁눈질로 힐끗힐끗 내은이의 반응을 살피며 잠시 뜸을 들였다.

실구지는 분위기가 짐작한 대로 흘러가고 있다고 생각했다. 생각이 여기에 미치자 그는 작심한 대로 거침없이 자기 생각을 내뱉었다.

"솔직히… 우리도 더 이상 어쩔 수 없네요. 너무 지쳤습니다요. 아씨께서 고집을 꺾지 않는다면, 우리도 장차 농사를 돌보지 않고 도망가면 그만입니다요. 아씨께서 직접 사람들을 데리고 전답도 돌보고 농사도 지어보셔야 얼마나 힘든 일인지 아실 것입니다요."

자기 형제들이 주인의 전답을 관리하고 농사를 짓고 있는데, 만약 그들이 손을 떼버리면 집안이 어떻게 되겠느냐는 뜻이었다. 이건 단순한 으름장이 아니라 노골적인 협박이었다.

내은이는 속으로 적잖이 당황했다.

실구지 말대로 그들 형제가 정말 도망가 버려 과주의 전답을 관리하고 농사도 지어줄 사람이 없다면 자신과 동생들은 어떻게 살아야 하나? 게다가 집안에는 이 일에 대해 상의할 사람마저 없었다.

그렇다고 실구지의 말에 따라 과주로 이사를 하자니 걸리는 것이 한둘이 아니었다. 삼년상도 이제 막 시작하지 않았던가.

그녀의 나이는 이제 겨우 열여섯이었다. 그동안 부모님이 시키는 대로만 하며 세상 물정 모르고 자랐다. 실구지의 말을 듣던 내은이는 덜컥 겁이 났다. 그녀는 자기도 모르게 고개를 숙였다.

실구지는 내은이의 얼굴에 걱정스러운 표정이 스치는 것을 놓치지 않았다. '옳거니' 하고 속으로 쾌재를 부르며 다시 허리를 숙이고 이번에는 부드러운 표정으로 공손하게 말했다.

"그러니 아씨. 아씨께서 큰맘 먹고 과주로 이사만 하신다면 아씨는 아무 걱정 하지 않으셔도 됩니다. 저희 형제가 모두 알아서 잘 처리하겠습니다요. 지금까지 해오신 대로 과주에 오셔서 똑같이 하시면 됩니다."

내은이는 할 말을 잃고 생각에 잠겼다.

사실 실구지의 말대로 어린 나이에 두 동생을 챙기며 과주의 전답과 노비들까지 관리하기에는 현실이 너무 벅차다는 것을 인정해야 했다.

내은이는 조용히 눈을 감았다. 그녀가 생각에 잠기는 듯한 모습을 보이자 실구지는 기회를 놓칠세라 두 손을 아래위로 흔들며 과장된 몸짓을 해가며 말을 이어갔다.

"아씨, 정말 조금도 걱정하지 마세요. 두 분 어르신 삼년상은 과주에서 모시면 되잖아요. 이미 우리 형제가 의논해서 다 준비해 놓았습니다요. 저희 형제가 더 잘 모시겠습니다."

"준비해 놓았다고? 뭘 준비해 놓았다는 것인가?"

눈을 감고 골똘히 생각하던 내은이가 눈을 뜨며 물었다. 실구지는 이때다 싶어 얼른 대답했다.

"삼년상이요."

"삼년상? 지금 삼년상이라 했나?"

"예, 아씨. 어르신 내외분 삼년상이요. 어르신 삼년상은 치러야 하지 않습니까요. 우리 형제가 이미 아씨께서 내려오시면 계실 거처와 두 분 어르신 삼년상을 무사히 치를 수 있게 다 준비해 놓았습니다요. 그러니까 아씨는 몸만 내려오시면 됩니다요. 아무 걱정하지 마시고요."

실구지는 내은이의 약점을 정확하게 찔렀다. 사실 지금 내은이에게 가장 현실적인 문제는 양반가의 여식으로서 부모의 삼년상을 어떻게 치러야 하는지에 대한 고민이었다.

그녀는 실구지의 말에 일리가 있다는 것쯤은 알고 있었다. 그런데 문제는 그다음이 아닌가.

만약 과주로 내려가기로 한다면 지금 살고 있는 집을 포함하여 가산의 처분은 어떻게 해야 하는지, 또 누구와 의논해야 하는지 생각해본 적이 없었다.

그녀로서는 여러 가지 복잡한 일들을 어떻게 할 것인지에 대해 당장은 막막하기만 했다. 그러나 이대로 가만있을 수는 없다.

우선은 이 숨 막힐 듯한 이 순간은 벗어나야겠다고 생각했다. 내은이는 헛기침하며 자리에서 일어났다.

"알았네. 쉽게 처리할 문제가 아니니… 말미를 좀 두고 생각해보겠네. 오늘은 여기까지 하지. 해가 짧으니 빨리 일어서야지…. 어두워지기 전에 남태령을 넘으려면 서둘러 가야 할 것이야."

내은이가 하는 말이 끝나기 무섭게 실구지가 일어나 얼른 방문을 열었다. 그러고는 잽싸게 마루턱에 내은이의 신발을 가지런히 놓고 허리를 굽신거리면서 말했다.

"고맙습니다, 아씨. 그래도 걱정은 하지 마세요. 내려오기만 하면 저희가 다 알아서 모시겠습니다요."

내은이는 신발을 신고 뜰로 나왔다. 실구지가 황급히 뒤를 따랐다. 곳간에 짐을 모두 채워 넣고 마당에서 기다리고 있던 가노들이 내은이를 향해 허리를 숙였다.

연지가 내은이의 안색을 살피면서 머뭇거렸다. 내은이는 아무렇지도 않은 듯 미소를 머금으면서 연지의 손을 잡았다.

"아씨, 곳간에 짐을 다 부려놓았고 정리도 다 했습니다요."

만복이가 이마를 훔치며 내은이를 향해 웃었다.

"그래? 잘했다. 모두 수고했네. 뭐… 요기라도 좀 하도록 했느냐?"

"예, 아씨."

마당을 쓸고 뒷정리까지 마친 가노들이 소달구지에 빈 광주

리와 멍석을 담으면서 대답했다. 중천에 걸렸던 해가 어느덧 기울고 있었다. 오늘 과주로 돌아가려면 해가 떨어지기 전에 남태령을 넘어야 했다.

"그럼, 아씨. 안녕히 계세요. 또 찾아뵙겠습니다요."

실구지와 가노들이 내은이에게 인사를 마치고 달구지를 끌면서 골목을 빠져나갔다.

내은이는 마당에서 이들을 전송하고, 연지와 만복이가 실구지 형제들을 골목 입구까지 따라가 배웅했다. 이웃 사람들이 지나가며 연지를 향해 미소를 지으며 아는 체했다. 연지는 가볍게 눈인사했다.

실구지 형제가 이끄는 달구지가 당나무가 있는 삼거리를 돌아 시야에서 사라지자, 내은이는 하늘을 올려보았다.

멀리 남태령이 바로 눈앞에 가까이 와 있는 것 같은 착각이 들 정도로, 구름 한 점 없는 맑은 날씨였다. 늦가을 하늘은 푸르고 높았다. 길가 나무에는 단풍이 들기 시작했고 바람은 차가웠다.

내은이는 문득 의지할 곳 하나 없는 자신이 너무 초라하고 외롭다는 생각이 들었다. 그리고 아버지와 어머니를 생각하니 눈물이 핑 돌았다.

그녀가 고개를 숙이자 그녀의 눈치를 살피던 어린 두 동생은 언니를 올려다보며 언니의 치맛자락을 잡고 함께 울상을 지었다.

내은이는 두 동생을 와락 껴안으며 힘을 주었다. 동생들은 언니 품에서 훌쩍거렸다.

"아씨…."

어느새 돌아왔는지 연지가 수건을 내밀면서 나지막이 말했다. 만복이는 빗자루를 들고 대문 앞을 쓸면서 힐끔힐끔 내은이의 눈치를 살피고 있었다.

"알았어. 그만 들어가자. 연지야, 과일 좀 씻어 오렴."

연지가 앞장서서 마당으로 들어서면서 말했다.

"예, 아씨. 바로 가지고 올게요."

연지가 활짝 웃으면서 부엌으로 들어가자, 막내 여동생이 연지를 따라 부엌으로 들어갔다.

마루에 걸터앉은 내은이는 동생의 머리에 달린 댕기를 쓰다듬으며 생각에 잠겼다. 잠시 분주했던 집안은 다시 평소처럼 조용해졌다.

그녀에게 오늘은 너무나 길었던 날이었다.

조혼^{早婚} 풍습의 유래

조선시대에는 일찍 결혼하는 조혼^{早婚}과 늦게 결혼하는 만혼^{晩婚}의 폐해를 막기 위해 국가에서 혼인 나이에 제한을 두었다.

조혼은 고려시대에 처녀를 몽골에 바치는 공녀제도를 피할 목적으로 딸을 일찍 시집보낸 데서 비롯되었다. 물론 제사를 모실 후손을 빨리 얻기 위함도 있었다. 또한 민간에서는 장가나 시집을 가지 못한 처녀, 총각이 죽으면 저승에 가지 못하고 손각시와 몽달귀신이 되어 이승을 떠돈다고 믿었는데, 이것도 혼인을 서두르는 이유 가운데 하나였다.

풍습이라는 것은 사람들 사이에서 전해 내려오는 것이므로 쉽게 없어지거나 바뀌지 않는다. 따라서 나라가 바뀌었어도 일찍 결혼시키는 풍습은 계속되었다. 그러자 국가는 이러한 폐단을 고치기 위해 혼인할 수 있는 나이를 정하고, 지키지 않으면 벌을 내리도록 법제화하였다.

조선은 건국과 함께 유학을 중시하던 나라였다. 혼인 문제에 대해서는 주자가 례^{朱子家禮}에 기준을 두고 남자는 16세부터 30세, 여자는 14세부터 20세가 혼인에 적합한 나이라고 여겼다.

하지만 실제로 『경국대전』에는 남자 나이 15세, 여자 나이 13세가 되면 혼인을 의논하도록 하고^{議婚} 14세가 되면 혼인하는 것을 허락한다고 기록하고 있다.

조선시대 사람의 평균 수명은 35세에 불과했다. 수명이 길지 못했으므로 손

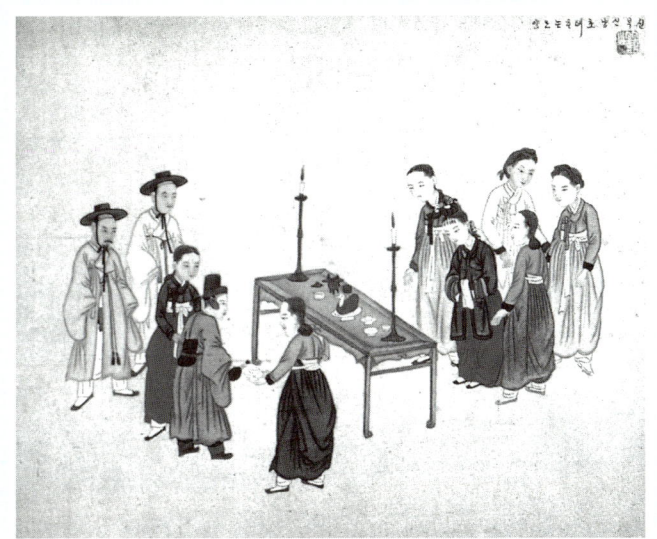

19세기 말에 기산箕山 김준근金俊根이 그린 혼례 풍속화

자를 보고자 하는 욕망이 커서 일찍 결혼시키는 풍습은 쉽게 없어지지 않았다.

그러자 1461년(세조 7년)에는 부모의 나이가 50세 이상이거나 병이 든 경우, 10세 이상이 되면 성혼을 할 수 있게 했다가, 5년 후에는 나이에 구애받지 않고 혼인할 수 있도록 정하였다.

혼인 적령기를 놓치지 않도록 하기 위해 나이의 상한선도 있었다. 적령기를 놓치는 원인으로는 대부분 두 가지 이유였다. 하나는, 당시의 사치스러운 혼인 풍조였다. 가난한 양반 가문에서 체면이 상할 것을 두려워했기 때문이다.

또 하나는 부모가 한꺼번에 돌아가신 경우, 혼인과 함께 집안의 재산이 남자 쪽으로 넘어가는 것을 막기 위해 친족 등이 일부러 혼인을 늦추는 경우였다. 이런 경우는 대체로 친족들이 집안의 재산을 지키기 위한 수단으로 악용되었다.

이런 문제를 해결하기 위해 조정에서도 여러 가지 대안을 마련하려고 노력했다. 『경국대전』 예전禮典 혼인조에 보면, 호조戶曹와 영문營門 및 각 읍邑에서는 관내에서 혼기를 넘긴 집안을 철저하게 조사하여 그들을 도와줄 방안을 강구하도록 하였다. 당사자가 형편이 어려운 경우에는 관청에 신고하여 혼례 비용을 보조받을 수 있도록 했다.

이렇게 나라에서 보조해 주면서까지 늦게 혼인하는 것을 막으려고 했던 이유는 오로지 민심을 안정시키고자 함이었다. 남자와 여자 음양의 조화가 잘 이루어지지 않으면 재앙이 될 수 있다고 여겼기 때문이다.

함정과 올가미

실구지 형제가 다녀간 후, 내은이는 며칠 동안 곰곰이 생각에 잠겼다.

사실 실구지의 말은 일리가 있었다. 부모님 두 분 모두 임종 전에 자신을 불러놓고 과주의 전답과 관련된 토지문서와 가노들의 신상을 적은 노비문서를 보여주면서 잘 관리하라는 당부를 여러 차례 했었다.

그러나 그런 것을 이해하기에 당시 그녀는 너무 어렸다. 그리고 설마 이렇게 두 분이 갑자기 돌아가시리라고는 상상할 수 없던 일이었다.

그러나 막상 두 분 모두 돌아가시고 어린 나이에 가장이 되자, 모든 것이 현실로 닥쳐왔다. 그녀로서는 부모님이 돌아가시는 바람에 상여를 따라 장지로 결정된 과주로 가본 것이 전부였다.

더구나 자세히 알지 못하는 상황에서 과주의 가노들이 무슨 거짓말을 하더라도 알 수 없는 일이었다. 그렇다고 그 먼 길을 일일이 오가며 챙길 수도 없는 일이었다.

내은이는 앞으로 어떻게 해야 좋을지 그저 막막하기만 했다. 의논할 수 있는 가까운 친척이라고 해봐야 동대문 밖에서 살고 있다는 집안 어른 외에는 생각나는 사람이 없었다. 그것도 부모님 두 분 장례를 치를 때 만난 것이 전부였다.

어머니 장례를 마치고 집으로 돌아왔을 때, 자신과 두 동생을 불러 앞으로 무슨 일이 생기면 연락하라는 말을 남겼던 그 친척 어른을 제외하고는 마땅히 떠오르는 사람이 없었다.

며칠 후, 이른 아침에 내은이는 만복이를 찾았다. 주인아씨가 찾는다는 말에, 마당을 쓸어놓고 장작을 부엌으로 나르고 있던 만복이가 냉큼 뛰어왔다.

"아씨, 찾으셨습니까요?"

"그래. 네가 잠깐 다녀올 데가 있다."

"어디요?"

내은이가 내미는 서찰 꾸러미를 받아 들고 만복이가 엉거주춤한 자세로 물었다.

"만복아. 너… 동대문 밖 답십리에 산다는 그 친척 어른 혹시 생각나느냐? 부모님 두 분 장례식에도 다녀가신 어르신 말이야."

"아… 예, 예… 아씨. 생각납니다요. 그… 약간 키가 크고…. 그런데… 그 어르신은 왜요?"

내은이의 말을 듣자마자 기억을 떠올린 만복이가 웃으면서 대답했다.

"그래. 맞다. 기억하는구나. 네가 급히 좀 다녀와야겠다. 내가 집안일로 급히 의논드릴 게 있다고 전하거라. 다녀가실 수 있으면 좋고, 아니면 내가 찾아뵙겠다고 전하거라. 이 서찰을 보여드리고 답을 받아서 와야 한다."

"아, 예. 아씨. 준비해서 바로 출발할게요."

"예서 한 시오리 길쯤 되니 지금 가면 오후에 돌아올 수 있을 것이야."

"예. 그럼요. 그럼 준비해서 오겠습니다요."

만복이는 잽싸게 행랑채로 가서 간편복으로 갈아입고 나왔다. 눈치 빠른 연지가 부엌에 들어가 주먹밥과 물이 든 표주박을 챙긴 괴나리봇짐을 들고 나와 만복이에게 건넸다.

만복이는 내은이에게서 서찰 꾸러미를 받아 보자기에 둘둘 싸서 괴나리봇짐에 깊숙이 넣었다.

"그럼 다녀오겠습니다요."

만복이가 문을 나서며 씩씩하게 말했다.

"그래. 어르신께 정중하게 안부 전해드리고…. 조심해서 다녀오너라. 해가 넘어가기 전에 돌아와야 한다."

"걱정하지 마세요. 뜀박질에는 자신 있습니다요."

만복이는 웃으면서 내은이를 안심시켰다.

내은이와 두 동생, 연지는 빠른 걸음으로 골목길을 빠져나가는 만복이의 뒷모습을 바라보았다. 젊은 청년의 몸놀림은 날렵하고 빨랐다. 만복이는 손을 흔들며 골목길을 돌아 시야에서 사라졌다.

"아씨, 아기씨, 모두 점심 드세요."

연지가 부엌에서 상을 들고 마루로 올라서면서 큰소리로 말했다. 사랑채에서 두 동생과 바느질하던 내은이는 동생들을 데리고 마루로 나왔다.

며칠 전에 과주에서 가노들이 소달구지를 끌고 다녀간 뒤로 음식이 제법 풍성해졌다. 간단하게 차린 음식이었지만 이전에 비하면 반찬거리가 많아졌다.

점심을 먹은 두 동생이 다시 마당으로 놀이하려고 깔깔거리며 뛰어나갔다.

연지가 부엌에서 숭늉을 들고 와서 내은이 앞에 놓았다. 내은이가 그릇을 잡고 호호 불며 입으로 가져갔다.

"드셔보세요. 구수해요."

"정말 구수하네. 잘 끓였구나."

내은이가 그릇을 놓고 다시 숟가락을 집어 들었다.

"근데 아씨, 저…."

연지가 말을 하려다 머뭇거리자 내은이가 되물었다.

"뭔데? 궁금한 게 있어?"

"아, 예. 저… 지난번에…."

"응? 지난번에 뭐?"

"실구지가 아씨에게 드린 말씀이 뭔가… 해서요."

"아… 그거?"

내은이가 하던 숟가락을 상 위에 놓으며 말했다.

"우리더러 과주로 내려오라고 하더구나."

"예? 과주로 내려오라고요? 그 무슨… 말도 안 되는…."

연지가 소스라치게 놀라 자세를 고쳤다.

내은이는 그날 실구지가 자기에게 한 말을 그대로 연지에게 들려주었다. 그리고 며칠 동안 잠도 제대로 자지 못하고 고민하고 있던 이야기를 풀어놓았다. 혹시 좋은 의견이라도 있으면 얼마나 좋을까 하는 기대도 있었다.

사실 내은이는 실구지가 제기했던 문제를 한 번도 생각해본 적이 없었기 때문에 처음에는 거의 멍한 상태였다. 그러나 시간이 흐르면서 그냥 물리칠 수 없는 문제이기도 하고, 자기로서는 해결하기가 너무나 어려운 문제라서 골똘히 생각에 잠겨 있었다고 설명했다.

내은이가 말을 이어가는 동안, 연지는 너무 놀라 눈을 동그랗게 뜨고 계속 입을 손으로 가리며 다물지 못했다.

내은이가 밥상을 옆으로 밀어내면서 접시에 담긴 약과를 하나 집어 연지에게 건넸다.

"연지야. 너는 어떻게 생각하니? 만약 우리가 과주로 내려오지 않으면 다 도망가겠다는데… 걱정이구나. 이런 일을 의논할 가까운 친척도 없고… 그래서 생각 끝에 만복이를…."

내은이가 건네는 약과를 두 손으로 받아 들면서 연지가 말했다.

"아하. 그래서 만복이더러 답십리로 다녀오라고 서찰을 써서 보내셨군요. 어쩐지…."

"그래. 의논할 친척이라고는 답십리에 사는 그 어른뿐이구나. 그래서 생각 끝에 편지를 썼다. 바쁘지 않으면 좀 와주셨으면 좋겠는데…."

연지가 고개를 끄떡이며 내은이를 바라보았다. 그녀의 눈가에 이슬이 맺혔다.

"암요, 아씨. 오실 거예요. 너무 걱정하지 마세요."

내은이가 옆으로 다가앉아 손수건으로 연지의 눈가를 닦고 안아주었다. 내은이도 연지를 안고 함께 흐느꼈다.

오후 늦은 시각에 만복이가 돌아왔다.

만복이가 돌아왔다는 연지의 고함 소리에 내은이가 안방 문을 열고 나왔다. 마당 한가운데 땀으로 흠뻑 젖은 만복이가 웃고 있었다.

"아씨, 다녀왔습니다요."

만복이가 허리를 숙여 인사했다. 고개를 든 그는 여전히 웃고 있었다.

내은이가 마당으로 내려서며 다그치듯 말했다.

"그래, 수고했다. 어르신은 만났느냐? 서찰은 전했고? 그래… 뭐라 하시더냐?"

내은이가 만복이 앞으로 다가서며 쉬지 않고 물었다. 그녀의 얼굴은 상기되어 있었다.

"아… 예. 아… 그러믄요. 마침 어른이 안 계셔서 기다리느라 좀 늦었구먼요. 서찰을 드렸더니, 그 자리에서 읽어보시더니 알았다고 했습니다요. 가족들과 의논을 좀 해보고 곧 찾아오겠다고 하셨습니다요…."

만복이도 덩달아 마음이 급했던지 쉬지 않고 대답했다. 만복이가 잠시 뜸을 들이자, 부엌에서 냉수 한 바가지를 들고 나와 잠시 우물쭈물하던 연지가 만복이에게 물바가지를 건넸다.

"물 좀 마셔… 땀도 좀 닦고…. 애고, 적삼도 다 젖었네."

연지가 만복이를 돌아보며 웃었다.

"오, 그래. 고맙구나. 오신다니 다행이다. 수고했다. 좀 쉬거라. 옷도 갈아입어야지. 연지야. 만복이가 많이 시장하겠구나. 먹을 걸 뭘 좀 준비하거라."

내은이의 말이 끝나기도 전에 연지가 만복이 손을 잡고 행랑채 부엌으로 끌었다. 연지는 이미 물은 데워 놓았고, 먹을 것도 미리 준비했다고 웃으면서 대답했다.

"아씨, 그럼…."

만복이는 연지에게 등을 떠밀려 행랑채 부엌으로 향하며 웃었다. 모처럼 집안에 웃음이 가득했다.

해가 서녘으로 넘어가자 어둠이 깔리고 주위는 다시 고요해졌다. 밤이 되자 내은이는 툇마루에 걸터앉아 멀리 한강을 내려다보았다. 서리가 내리고 입동立冬을 앞둔 날씨는 제법 한기를 느낄 정도로 추워지기 시작했다.

어둠에 잠긴 한강은 고요했다. 강 너머로 멀리 군데군데 불빛들이 깜빡거렸다. 저 불빛을 따라 멀리 하늘과 맞닿은 산 남태령을 넘으면 거기가 바로 과주가 아닌가.

어둠에 싸인 남태령 위로는 은하수가 눈부시게 빛났다. 구름 한 점 없는 맑은 밤하늘 동쪽으로는 반달이 마당 행랑채 입구에 서 있는 느티나무 가지에 걸려 있었다. 별똥별이 여러 차례 은하수를 가로질러 지나갔다.

밤공기가 점점 차갑게 느껴지자 내은이는 안방으로 들어왔다. 어린 두 동생은 곤히 잠들어 있었다. 내은이는 동생들을 보면서 다시 부모님을 떠올리자 자신도 모르게 눈물이 났다. 그녀는 동생들 옆에 누워 차례로 뺨에 입맞춤했다.

동생들이 인기척을 느꼈는지 몸을 뒤척이며 돌아누웠다. 이불을 잡아당기는 바람에 촛불이 이리저리 흔들렸다. 순간 놀라 멈칫하던 내은이는 상체를 일으켜 동생들을 물끄러미 바라보았다. 그녀는 손에 든 손수건을 만지작거리며 한동안 소리 없이 울었다.

생각하면 할수록 아직 어린 소녀의 힘으로는 어른들이 감당해야 할 문제를 해결하기에 너무 벅찼다. 너무나 힘들었던 며칠이었다. 이제 내일이면 뭔가 해답이 나올 것이다.

내은이는 잠자리에 누워 부모님을 생각하며 마음속으로 도와 달라고 빌었다.

멀리서 개 짖는 소리가 들려왔다.

숲과 늪

답십리에 사는 친척 어른이 찾아온 것은 만복이가 다녀온 이틀 후의 일이었다.

"아씨, 아씨! 얼른 나와 보세요. 답십리 어르신께서 오셨습니다요."

"뭐… 뭐라고? 오셨다고?"

마당을 쓸고 있던 만복이의 고함소리에 놀란 내은이가 방문을 열어젖히며 나왔다. 이제나저제나 소식을 기다리고 있었지만, 막상 친척 어른이 오셨다는 소식을 듣자 바느질하던 일을 내던지고 마루를 내려서며 신을 신는 둥 마는 둥 버선발로 뛰어나와 이들을 맞이했다.

마당에는 답십리 친척 어른 내외분이 웃으며 서 있었다. 내은이가 두 손을 안쪽으로 가리키며 말했다.

수도 한양漢陽 변천사

고려를 무너뜨리고 역성혁명에 성공한 이성계의 신정부는 1394년 11월 21일 부로 한성漢城을 새 국가 조선朝鮮의 수도로 지정했다. 이어서 1395년 6월 6일, 한양부漢陽府에 속하던 지역을 한성부漢城府와 양주군楊州郡으로 분리·개편했다. 수도 한성을 관할하는 관청으로 한성부를 설치한 것이다.

이렇게 설치된 한성부는 1910년 10월 1일, 일제에 의해 경성부京城府로 개칭되기 전까지 515년 동안 조선의 수도로 기능하며 존속한 행정구역이었다.

그러다가 1945년 일제의 패망으로 광복되자 '서울'로 개칭되고 특별자유시가 되었다. 다시 1949년에는 대한민국大韓民國의 수도이자 특별시로 지정되어 오늘에 이르고 있다.

서울은 고려시대까지 '한양漢陽'이라는 이름으로 불렸다. 조선이 개국하면서 한성부로 분리·설치된 이후에도 사람들은 종래의 관습대로 '한양'이라 불렀다. 그러나 조선시대에 들어서면서 언제부터인지는 알 수 없으나 이미 '서울'이라는 이름으로 널리 불려 오고 있었다.

당시 한성부는 전주부全州府, 경주부慶州府, 평양부平壤府 등 다른 부府와는 달리 특정 도道에 소속되지 않은 독립적인 행정구역으로, 상위 행정구역을 두지 않았다.

한성부를 다스리는 관리는 정2품의 품계를 가진 한성부판윤漢城府判尹이었는데, 오늘날의 서울시장에 해당하는 관직이다.

조선 시대의 한성부 거리

이 관직은 조선 초에 판한성부사判漢城府事라는 이름으로 처음 등장했다가, 1466년(세조 12년)에 한성부윤漢城府尹으로 바뀌었고, 1567년(명종 22년)에 판윤判尹으로 격상되었다.

본래 부윤府尹은 종2품이었는데, 한성부는 국가의 수도라는 특수성을 고려하여 판서判書와 격이 같은 정2품에 놓았다. 이는 서울특별시장이 광역자치단체장임에도 불구하고 1961년부터 다른 광역시장이나 도지사들과 같은 차관급이 아닌 장관급 대우를 받는 것과 같은 성격이다.

한성부의 전신은 고려 남경南京이었다. 이미 고려시대부터 입지가 워낙 좋았기 때문에 문종은 양주목楊州牧을 남경으로 격상하여 고려의 삼경三京 중 하나로 삼고, 오늘날 청와대 자리에 남경의 별궁을 지었다.

공민왕은 남경을 새로운 수도로 지정하고 천도를 추진하며 강력한 개혁을 시도했으나, 갑자기 피살되는 바람에 개혁은 흐지부지되고 말았다.

그 후 1382년(우왕 8년)에 잠시 한양으로 천도했지만, 이듬해 다시 개성으로 돌아갔고, 공양왕은 즉위하자마자 한양으로 천도했으나 이듬해 또다시 개성으로 환도하고 말았다.

조선이 건국되면서 한양은 다시 수도로 낙점되어 1394년 11월 21일에 천도가 단행되었다. 그 이듬해인 1395년 6월 6일에는 한양부를 옛 수도 개성부開城府의 전례에 따라 한성부로 개칭하면서 옛 양주楊州를 한양에서 분리했다.

이에 따라 한양도성은 5부 52방으로 나누어졌다. 도성 바깥 지역은 고양현高陽縣과 양주군楊州郡으로 각각 편입되었다. 즉, 오늘날 용산구 둔지산을 경계로 서쪽은 고양군에, 동쪽은 양주군에 속하게 했으며, 양주군 관아는 지금의 광진구 광장동 일대에 두었다. 그러나 정종이 즉위한 직후 다시 개성으로 환도했으나, 2년 후 태종이 즉위하면서 다시 한양으로 환도해 오늘에 이르렀다.

1426년(세종 8년) 보고된 인구 통계에 따르면 한양도성 안의 인구는 103,328명이었다. 조선 건국과 함께 개경에서 이주해 온 혁명의 핵심 세력들은 도성 안에 자리를 잡았고, 원래 성안에서 살던 사람들은 도성 밖으로 밀려났다. 또 새로운 삶을 찾아 상경한 사람들이 성 밖 주변에 정착하면서 조선 후기까지 성 밖 상주 인구는 꾸준히 늘어났다. 이들은 대부분 도성 내부를 드나들며 자기 지역 특산품을 팔거나 물품을 유통하며 활발하게 경제 활동을 했다. 이런 과정을 거쳐 서울은 국가 중심의 경제도시로 성장하게 되었다.

도성 안에는 당시 개천開川이라 불린 청계천이 동서로 관통해 흘렀고, 성 밖에서는 중랑천, 만초천, 홍제천, 불광천 등이 흘렀다. 특히 청계천과 중랑천이 합류하는 지금의 성동구 일대는 토지가 비옥하여 농사에 적합했고, 여기서 생산된 곡물은 한성부의 식량을 책임졌다.

"먼 길 오시느라 수고하셨습니다. 어서 안으로 드시지요."

"그래, 그동안 잘 지냈느냐? 내 기별을 받고 바로 왔어야 하는데, 일이 있어 좀 지체했구나."

답십리 친척 어른은 만면에 미소를 지으며 내은이 곁에 서 있는 두 어린 동생의 손을 차례로 잡았다. 부인은 내은이의 손을 꼭 잡고 손등을 두드렸다. 순간 내은이는 콧등이 시큰거렸다.

"어서 안으로 드십시오. 바람이 제법 차갑습니다."

세 사람은 내은이의 안내를 따라 마루를 지나 안방으로 들어섰다.

"연지야, 어서 다과를 좀 내오너라."

내은이가 마루에 올라서며 연지에게 말했다. 연지는 고개를 끄덕이고 재빨리 부엌으로 들어갔다.

방 안에 좌정한 친척 어른 내외에게 내은이는 두 동생과 함께 큰절을 올렸다.

간단한 찻상이 나오고 서로 덕담을 주고받은 뒤, 내은이는 친척 어른을 집으로 모신 이유를 자세히 설명했다.

추석 무렵 과주에서 노비 실구지 일행이 여느 해처럼 수확한 농작물을 가지고 찾아온 것은 당연한 일이었지만, 실구지가 자신에게 던진 말은 심각하게 받아들일 수밖에 없는 것이었다.

내은이는 그간의 사정을 솔직하게 말씀드리고 어떻게 하면 좋을지 가르침을 달라고 정중히 청했다. 사실 실구지가 자신에게 던진 말도 충격적이었지만, 그 태도는 거의 협박에 가까워 너무 무서웠다는 점도 고백했다.

어린 나이에 집안 안에서만 생활해 세상 물정을 잘 알지 못하는 소녀로서는 이럴 때 어떻게 해야 할지 가늠조차 할 수 없었고, 자신으로서는 아무것도 할 수 없는 것 같다고 털어놓았다.

"그랬었구나. 흐음…… 마음고생이 많았겠구나."

내은이로부터 자초지종을 들은 어른은 찻잔을 내려놓으며 입을 열었다. 내은이가 말하는 중간중간 그는 헛기침을 하거나 눈을 크게 뜨며 얼굴을 붉혔고, 그의 부인도 이맛살을 찌푸리며 연신 혀를 찼다.

"사실… 서찰을 받고 많이 놀랐다. 과주의 아랫것들이 발칙하기가 이를 데가 없구나. 주인 어른이 안 계신다고 해도 어찌 너희에게 그리 행동한단 말이냐? 허…. 이런 고얀 것들 같으니라고."

내은이는 자기 말을 귀담아들어 주는 친척 어른 내외가 너무 고마웠다. 그녀는 찻잔에 찻물을 채우고 소매로 눈가를 닦았다. 애써 참아도 눈물이 자꾸 솟았다.

"내 그래서 곰곰이 생각해봤는데…."

친척 어른은 그동안 품고 있던 생각을 차근차근 풀어냈다. 그는 지금 내은이가 당면한 문제를 두 가지로 정리했다.

하나는 내은이가 식솔들을 데리고 과주로 이사할 것인가의 여부이고, 또 다른 하나는 이사를 결정했을 때 지금 살고 있는 이 판사 집을 어떻게 처리할 것인가였다.

그의 판단은 정확했다. 문제 해결의 첫 단계는 과주로 이사할 것인지 여부를 결정하는 일이었다. 만약 이사를 거부한다면 과주의 토지와 노비들을 어떻게 관리할지를 의논해야 했다. 결국 그 문제를 먼저 결정해야 다른 방안을 찾을 수 있었다.

"이 문제는 좀 더 깊이 생각해보자. 당장 급히 결정할 일은 아니라고 본다. 지금은 계절도 겨울로 접어들어 농한기이니 내년 봄까지 시간이 있다."

친척 어른은 내은이에게 자신이 생각한 해결 방안을 자세히 설명했다. 동지冬至도 한 달 이상 남았으니 그때까지 여러 각도로 충분히 생각해 본 뒤 결정하자는 것이었다. 또 그동안 자신은 내은이가 살고 있는 집을 어떻게 처리할지 고민해보겠다고 덧붙였다.

친척 어른의 이야기를 듣는 동안 내은이는 비로소 뭔가 조금씩 느낄 수 있었다. 안개 속에서 헤매는 것처럼 도무지 갈피를 잡지 못하고 있던 일들이 이제 비로소 희망이 보이기 시작한 것이다.

친척 어른은 내은이에게 지금 살고 있는 집과 과주의 토지, 노비 문서 등을 보여달라고 했다. 내은이는 장롱 깊숙이 넣어 두었던 문서들을 꺼냈다. 부모님이 물려주신 문서였지만 한 번도 펼쳐보지 못한 것들이었다.

친척 어른은 비단 보자기를 열어 문서를 방바닥에 펼치면서 지필묵을 내오게 했다. 내은이는 그가 시키는 대로 했다. 그는 꼼꼼하게 한지에 문서 내용을 요약해서 적으면서 말했다.

"지금 살고 있는 이 집을 만약 팔아야 한다면 그 토지 규모를 알아야 가격을 가늠할 수 있다. 과주의 토지 내용도 알아야 대비할 수 있고…. 요즘 한양도성 안에 사람이 많이 늘어나서 집값이 많이 오른다고 하더구나. 그동안 나는 집주릅에게 부탁해서 시세도 알아보려고 한다. 어쨌든 이렇게 말이 나왔으니 해결은 해야 하지 않겠느냐. 동지가 지나고 설밑에 다시 올 테니 그때까지 방안을 마련해 보자. 너무 걱정하지 말거라."

내은이는 연지에게 미리 준비해두었던 음식을 내오게 했다. 시간은 벌써 점심때가 되고 있었다.

조촐하지만 제법 정갈하게 준비한 밥상이 들어왔다. 친척 어른 내외는 점심을 먹으면서 여러 이야기를 서로 주고받았다. 그동안 절간처럼 조용하던 집안에 모처럼 사람 소리와 함께 간간이 웃음도 터져 나왔다.

점심을 마치고 찻상을 물린 뒤 친척 어른이 일어났다. 그의 부인은 내은이와 어린 두 동생의 손을 잡으면서 너무 걱정하지 말라고 위로하고, 모두 좋게 해결될 거라고 격려했다.

내은이와 두 동생은 친척 어른 내외가 골목을 돌아 사라질 때까지 손을 흔들며 배웅했다. 친척 어른은 내은이에게 어서 들어가라는 손짓을 하면서 시야에서 사라졌다.

어느새 동지가 지나면서 한겨울로 접어들었다.

그동안 내은이는 연지와 만복이에게 여러 가지 의견을 물어보면서 저잣거리에서 들려오는 소문을 수집하라고 말했다. 그리고 여러 방면으로 궁리를 계속하고 있었다.

그러나 아무리 생각해도 과주의 토지를 관리하면서 먹고살기 위해서는 실구지의 말대로 이사하는 수밖에는 달리 뾰족한 방법을 떠올릴 수 없었다. 실구지가 협박한 대로 정말 노비들이 자기와 토지를 버리고 달아난다면, 그 이후에 닥칠 일들까지 생각이 미치자 너무 겁이 났다.

조선초기 한양漢陽

도성 내부에 사는 양반들은 크게 3개 지구에 모여 살았는데, 거주 방향에 따라 북촌北村, 서촌西村, 남촌南村으로 불렸다.

북촌은 경복궁과 창덕궁 사이의 지금 삼청동과 가회동 일대였고, 서촌은 경복궁 서쪽·인왕산 동쪽의 사직동, 즉 청운·효자동 일대였다. 남촌은 청계천 이남에서 남산 기슭에 이르는 곳으로, 오늘날에도 한옥이 많이 남아 있어 당시 규모를 짐작할 수 있다.

지금의 종로는 육의전六矣廛이 형성된 성안의 중심지로 '운종가雲從街'라 불렸다. 숭례문 입구인 지금의 서소문 밖에는 '칠패七牌'라 불린 난전亂廛 시장이 있었다. 시장 설치 시기는 분명치 않으나, 이때부터 이현梨峴·종가鍾街(종로)와 함께 서울의 대표 상업 중심지로 발전했다.

칠패에서는 시전市廛과 마찬가지로 지방에서 올라온 건어물·농산물 등을 팔았는데, 지금의 농수산물 시장과 같은 성격이었다. 그중 어물전魚物廛이 가장 규모가 크고 활발했다.

이 시장은 일제강점기까지 이어지다가 6·25 전쟁 이후 구호물자를 파는 곳으로 바뀌었는데, 바로 오늘날 남대문시장이다. 지금도 숭례문에서 염천교로 가는 길에는 '칠패로七牌路'라는 이름이 남아 있다.

성 밖에는 왕십리往十里 상권이 크게 형성되었다. 이는 강원도·청도·충주 지방

조선시대 한성의 모습

에서 올라온 물품들이 성 안으로 들어가기 전 잠시 모이는 곳이었기 때문이다. 이로 인해 왕십리에는 상인 계층이 많이 정착했다.

만복이가 심부름 다녀온 답십리는 왕십리에서 북동쪽으로 조금 떨어져 있다. 지금은 전농로·천호대로·사가정길 등의 도로가 지나며, 지하철 1·2호선이 연결되는 신답역이 있어 교통이 편리하다.

답십리 남쪽 대로변에는 자동차 부품 종합상가가 들어서 번화하고, 천호대로에는 고미술 상가·상공회의소 동부지소·농수산물 종합직매장·동부시장이 자리하고 있다.

'답십리踏+里'라는 지명에는 여러 유래가 있다. 조선 초기 무학대사無學大師가 왕도를 정하려고 도성에서 10리 떨어진 이곳을 밟았다는 전설, 즉 동대문東大門에서 10리쯤 떨어져 있어 왕십리往+里와 같은 의미라는 설이 있다.

또 청계천 하류인 이곳에 논이 10벌이나 될 정도로 넓어 '답십리畓→踏+里'라 불렀다는 설도 있다.

그리고 농사를 가장 중시했던 조선시대에는 국왕國王이 해마다 한 차례씩 농민들의 고통을 체험하고자 이곳에 와서 논둑을 밟으며 모내기를 했기 때문에 답십리踏+里가 되었다는 설도 있다.

그러나 정작 어느 것이 정설인지는 알 길이 없다.

한양신도시 부동산 동향

조선이 건국된 후, 당시 조정에서는 새로 옮겨온 한양도성에 인구를 유입시키기 위한 묘안을 생각하느라 여념이 없었다.

무엇보다도 전 왕조의 중심지였던 개경의 토호들을 끌어오는 것이 가장 중요한 문제였다. 한양이 새 왕조의 도성이자 행정 중심지 역할을 하기 위해서는 기존 관료 세력의 협조가 필요했다.

조선왕조 개국 초기에는 한양도성의 토지를 무상으로 나누어 주었다. 종래 수도였던 개경에 터를 잡고 살던 사람들을 신도시 한양으로 유인하기 위한 달콤한 유인책이었다.

태조 4년(1395년)의 기록을 살펴보면, 장지화張至和라는 관리의 상소를 받아들여 신분에 따른 집터의 규모를 새롭게 정하고 그에 따라 토지를 나누어 주었다.

이에 따르면, 정1품의 집터를 35부로 정하고 한 품에 5부씩 내려 6품까지 10부를 주도록 결정했다. 일반 서민에게도 2부의 토지를 주었다.

1부는 조선시대 면적 단위인데, 지금의 미터법으로 환산하면 133㎡ 정도로 약 40평에 해당한다. 이를 기준으로 계산해보면 정1품은 약 4,655㎡(약 1,410평), 일반 백성은 약 266㎡(약 80평) 규모의 토지를 받을 수 있었다.

이후 개인들 간 자유로운 부동산 거래가 시작되고, 오늘날의 공인중개사에 해

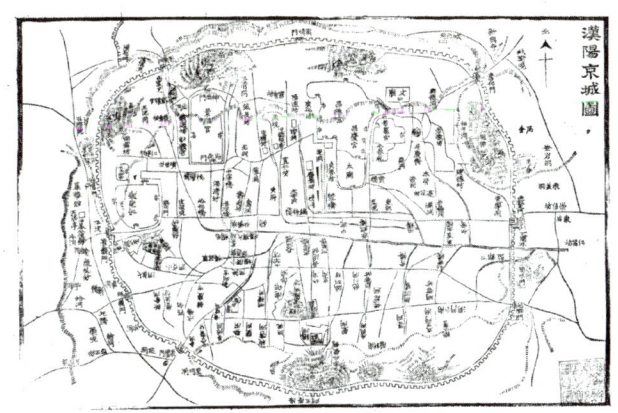

조선시대 한성도

당하는 직업 또한 등장했다. 바로 '집주릅'이라는 이름을 가진 직업이다.

이들은 집 소개는 물론이고, 계약서와 도면 작성 등 부동산과 관련한 다양한 업무를 맡았다. 지금도 자주 그런 사건이 일어나듯 당시에도 중간에서 농간을 부리는 경우가 적지 않았다.

이렇게 되자 한양으로 이주하려는 인구가 급증하기 시작했다. 인구가 늘어나니 한양 집값 역시 폭등하기 시작했다. 부동산 가격 폭등은 자연스럽게 물가 인상과 연동되었다.

한양도성 안에서 봉직하던 관리가 지방으로 발령이 나면, 대부분 가족을 도성에 남겨두고 본인만 발령지로 가서 조정에서 제공하는 관가 혹은 친척 집에 기거했다. 만약 임지로 부임할 때 집을 팔았다가는, 다시 돌아올 때가 되면 사대문

안에 집을 사기가 어려워지기 때문이었다.

그만큼 부동산 가격 상승은 녹봉 상승률과는 비교할 수 없었다. 그래서 당시 저잣거리에서는 '한 번 사대문 밖으로 벗어나면 다시는 돌아오지 못한다.'라는 말이 유행어처럼 돌았다.

이런 현상은 조선왕조 내내 비슷한 양상을 보였다. 다산 정약용丁若鏞도 이런 내용을 문집에 글로 남길 정도였다.

"앞으로의 계획은 오직 한양으로부터 10리 안에서만 살도록 하는 것이다. 만약 집안의 힘이 쇠락해 한양 한복판으로 깊이 들어갈 수 없다면, 잠시 한양 근교에 살면서 과일과 채소를 심어 생활을 유지하다가 재산이 조금 불어나면 바로 도시 한복판으로 들어가도 늦지는 않을 것이다.

…(중략)…

서울 문밖에서 몇십 리만 떨어져도 태곳적의 원시사회 같은데, 하물며 먼 시골은 어떻겠느냐?"

…(중략)…

"서둘러 먼 시골로 이사 가버린다면 무식하고 천한 백성으로 일생을 끝마치고 말 뿐이다."

설이 다가오면서 조바심은 더 커졌다. 이제 곧 봄이 오고 농사 지을 준비를 해야 하는데, 과주의 아랫것들의 동향도 궁금하고 걱정스러웠다. 이제 뭔가 결정해야 하는네 마음만 급해지고 있었다.

마침내 답십리의 친척 어른으로부터 그동안 알아본 내용을 가지고 방문하겠다는 서찰이 왔다.

그리고 며칠 후, 얼마 전에 내린 눈을 깨끗하게 치워놓은 마당으로 친척 어른 내외분이 웃으면서 들어섰다.

서찰을 받고 미리 음식을 장만하고 있던 내은이는 그들을 반갑게 맞았다. 설을 며칠 앞둔 날이었다.

정성스럽게 준비한 음식을 먹고 상을 물리자 곧 다과상이 들어왔다. 잠시 의례적인 덕담이 오간 후, 답십리 어른은 곰방대에 불을 붙이면서 말했다.

"내가 며칠 동안 곰곰이 생각해봤다. 이런 일을 처음 겪으니 나도 처음에는 어찌하면 좋을지 잘 모르겠더구나."

내은이가 다소곳이 고개를 끄떡였다.

"집을 사고팔아 본 적도 없는 데다가, 요즘은 도성 안에서 집을 구하기도 그리 쉽지 않다고 한다. 외지에서 들어오려는 사람들이 많아지니 집값도 올랐고 거래도 잘 안 된다고 하더라. 후우….."

그는 집주릅을 통해 들은 최근 한양도성에서 거래되는 집값과 거래 상황 등을 자세히 설명했다. 더구나 한겨울에는 거래도 한산해서 당장은 파는 게 쉽지 않다고 했다. 그렇다고 급하게 처분하려 들면 터무니없는 헐값에 내놓을 수밖에 없으니, 그건 곤란하다는 것이었다.

그는 곰방대를 깊이 빨더니, 마치 한숨을 쉬듯 연기를 길게 내뿜었다. 그가 잠시 말을 끊고 뜸을 들이자 내은이는 살짝 불안감이 들었다. 그동안 잔뜩 기대하고 있었는데 어쩌면 잘 풀릴 것 같지 않은 느낌이 든 것이다.

내은이는 고개를 들어 두 사람을 물끄러미 바라보았다. 잠시의 침묵이었지만 내은이에게는 무척이나 길게 느껴졌다. 그녀는 조바심이 나서 조심스럽게 되물었다.

"하오면… 그 방법이라는 게 무엇인지요?"

내은이는 자기도 모르게 깔고 앉은 방석의 모서리를 잡았다. 손바닥에 땀이 고이는 듯했다.

답십리 어른이 곰방대에 다시 불을 붙였다. 방안에 연기가 자욱하게 퍼졌다. 내은이는 숨을 쉬기도 힘든 분위기였지만 꾹 참고 귀를 쫑긋 세웠다.

"내가 생각하기에는….”

그는 자신이 곰곰이 생각했다는 방도를 천천히 설명해 나갔다. 그가 제시하는 방안은 집값을 제대로 받을 때까지 처분을 미루든가, 아니면 당장 집을 팔기 어려우니 매매가 될 때까지 자기가 잠시 이 집으로 이사 와서 관리하며 때를 보자는 것이 었다.

또, 내은이가 만약 과주로 이사를 한다면, 그 시기는 본격적으로 농사 준비가 시작되는 시기인 경칩과 춘분春分 사이가 좋을 거라고 말했다. 그래야 아랫것들이 농사를 준비하는 것을 감독하면서 농토를 관리하는 걸 알 수 있기 때문이라는 것이 었다.

그의 설명을 들으면서 내은이는 깊이 생각할 겨를이 없었다. 세상 물정을 모르는 열여섯의 소녀가 판단할 수 있는 일이 아니었다. 그저 감지덕지 고맙다는 생각만 들었다.

그나마 다행인 것은 그의 설명 가운데 혹시라도 과주로 이주했다가 내은이가 혼인하여 다시 도성 안으로 이사할 수도 있을 것이니, 그렇게 하는 것도 좋은 방도가 아니냐는 제안에 귀가 솔깃해졌다는 점이다.

내은이는 답십리 어른이 제시하는 방안 가운데 후자를 택했다. 우선은 과주로 이사를 하고 이 집은 그의 가족이 와서 거주하면서 관리하는 것으로 결정한 것이다. 그렇게 하면 빈집으로 놔둘 필요도 없고 나중에라도 되돌아올 수 있는 근거지가 남아 있는 거니까 좋은 방도라고 여긴 것이다.

"예. 알겠습니다. 그렇게 준비하겠습니다."

내은이가 미소 지으며 대답했다. 답십리 어른은 내은이의 반응이 다행이라고 여기면서 다시 곰방대에 불을 붙였다.

"과주에 사는 아랫것들에게 이사 계획을 전하고 준비시켜라. 거처할 곳도 손을 봐야 하고, 막상 이사하려면 여간 신경 쓰이는 게 아니니라."

"곧 설인데 과주의 실구지 형제가 올라올 겁니다. 그때 잘 이르도록 하겠습니다. 고맙습니다, 어르신."

답십리 어른은 내은이에게 이사하는 날이 잡히면 다시 연락하라고 당부하고 자리에서 일어났다.

답십리 어른 내외는 밖으로 나와 내은이의 안내를 받으면서 집을 한 바퀴 돌며 이리저리 자세히 훑어보았다. 그의 부인은 부엌과 창고, 행랑채를 둘러보면서 연지와 만복이에게 이것저것 물어보기도 했다.

해가 중천을 지나 기울기 시작할 때쯤 되었을 때 답십리 어른과 부인은 집을 나섰다.

내은이는 골목까지 나와서 그들을 배웅했다. 답십리 어른 일행이 골목을 돌아 사라지자, 내은이는 만복이와 연지를 안방으로 불렀다.

연지가 다과를 마련하여 안방으로 들어왔다. 어린 동생들은 한과를 들고 재잘거리면서 마당으로 나갔다.

내은이는 두 사람에게 답십리 어른과의 대화 내용을 설명하고 과주로 이사할 수밖에 없는 그간의 사정을 이야기했다.

이미 그동안 집안에서 돌아가는 분위기를 대충 짐작하고 있었던 두 사람은 별로 놀라는 기색 없이 고개를 끄덕이면서 받아들였다.

조여드는 올가미

설을 앞둔 그믐날이 되자 과주에서 실구지 형제가 음식을 장만해서 올라왔다. 이번에는 눈에 띄게 다른 때와 다르게 푸짐했다.

내은이는 실구지를 불러 앉히고는 그의 요청대로 과주로 이사를 결정했다고 말했다.

그녀는 답십리 어른과 상의한 내용을 이야기하는 동안 만면에 웃음을 감추지 못하고 띌 듯이 기뻐하는 실구지를 보면서 마음이 몹시 착잡해졌다.

'저들이 왜 저렇게나 좋아할까? 그동안 계절이 바뀔 때마다 남태령을 넘어 한양으로 오가는 길이 그렇게나 힘들어서 그런 것인가? 아니면 뭐가 저들을 저렇게나 좋아하게 만드는 걸까?'

내은이의 이야기가 끝나자, 실구지가 자세를 고치면서 머리를 조아렸다.

"아씨. 아무 걱정하지 마세요. 이미 우리는 아씨께서 이사 올 때를 대비해서 전에 주인 어르신과 마님께서 내려오셨을 때 잠시 기거하시던 안채를 다시 깨끗하게 손을 보고 있었습지요. 지내시는 데 불편함이 없도록 저희가 온 신경을 다 쓸 것이니 걱정은 하지 마셔요. 암요….."

"고맙구나. 그리 신경을 쓰고 있다니….."

"그러면… 아씨께서는 언제쯤 이사할 생각이신…지….."

"답십리 어른께서 말씀하시기를, 춘분이 가까워졌을 무렵이 좋겠다고 하는구나. 그때쯤이면 봄바람도 불고… 하니, 이삿날이 잡히면 별도로 기별하마."

"아… 예. 그러믄 입쇼. 그렇게 하시지요. 그러고 보니 한 달 포 정도 시간은 있구먼요. 그때쯤이면 안채 손보는 것도 끝낼 수 있으니, 아씨와 어린 아가씨 두 분 모시는 데 부족함이 없도록 하겠습니다요. 걱정은 하지 마셔요. 저희가 다 알아서 준비하겠습니다요."

실구지는 신이 나서 떠들어댔다.

"알았다. 그럼 내려가서 준비하고 있거라. 이삿날이 잡히면 그때 기별을 하마. 잘 부탁한다."

내은이가 말을 마치고 안방 문을 열고 밖으로 나왔다.

"암요. 여부가 있겠습니까요."

실구지는 내은이를 따라 방문을 나서면서 대답했다. 그의 얼굴에는 기쁨에 겨운 듯 미소가 번졌다. 그는 재빨리 마루로 나와 마당으로 나서려는 내은이의 신발을 가지런히 놓았다.

마당에는 만복이와 연지가 기다리고 있었다. 연지는 걱정스러운 듯 내은이 곁에 다가가 내은이의 눈치를 살폈다.

실구지는 만복이의 등을 치면서 걱정하지 말고 과주로 와서 재미있게 지내자고 웃었다. 만복이는 말없이 고개를 끄덕였다.

실구지 형제가 서둘러 집을 나서자, 내은이는 피곤해서 좀 쉬겠다는 말을 남기고 방 안으로 들어갔다. 만복이와 연지는 걱정스러운 얼굴로 서로 쳐다보았다.

그렇게 잠시 소란스럽던 집안은 다시 조용해졌다.

당시 실구지 형제는 과주의 이 판사 댁 토지를 경작하면서 제법 여유로운 생활을 하는 편이었다. 더구나 이 판사 부부가 갑작스럽게 차례로 죽은 후에는 토지 경작에 대해 간섭하는 일도 크게 줄어들었다.

이 판사 댁에 남은 자식이라고는 딸 셋이 고작인데다가 큰딸 내은이는 이제 겨우 열여섯 살이었고, 나머지 두 딸도 열세 살과 열 살에 불과한 어린애였다.

세상 물정을 모르는 어린 상전은 다루기가 만만해 보였다. 해가 바뀌면서 실구지 형제는 점점 생각이 많아졌다. 어쩌면 과주의 이 판사 댁 토지를 아예 제 것으로 만들 수도 있지 않을까 하는 생각을 하기에 이르렀다.

실구지는 여러 가지 묘안을 궁리하다가 가장 먼저 해야 할 일은 내은이를 과주로 이사 오게 만드는 일이라고 결론지었다. 과주의 토지 관리를 핑계로 삼아 세상 물정을 모르는 내은이를 은근히 압박해 나가는 것이 필요하다고 판단한 것이다.

실구지는 자기 구상을 치밀하게 실행에 옮겨 나갔다. 우선은 예전처럼 깍듯하게 모시는 시늉을 해가면서 어린 내은이의 환심을 사는 것이 중요했다. 여전히 자기들을 든든하게 믿을 수 있도록 하는 것이다.

그래서 지난가을 추석 때 곡물을 싣고 올라와 내은이를 마주한 실구지가 간곡하게 과주로 이사할 것을 요청한 것이 첫 번째 수순이었다. 당시 내은이의 반응이 시큰둥해 보이자 수틀리면 도망이라도 가겠다고 협박한 것이다.

화들짝 놀라 어쩔 줄 몰라 하던 내은이의 모습을 보고 '이제 뭔가 될 것 같다.'라는 생각이 들어 속으로 쾌재를 불렀다.

그 후로 지금까지 이제나저제나 내은이의 반응을 기다리던 실구지 형제가 설 인사차 올라갔다가 내은이로부터 과주로 이사하겠다는 승낙을 받자, '이제 되어가는구나.' 싶었다.

잰걸음으로 과주로 돌아온 실구지 형제는 가족들을 불러 모았다. 추운 날씨에 식구들이 한자리에 모인다는 말에 잔뜩 군불을 땐 집안은 온기로 가득했다. 과주에 이 판사 토지를 경작하면서 사는 사람은 모두 10명이었다.

실구지와 그의 처 복실이, 실구지 동생 길동이와 그의 처 갑분이, 처남 박질과 그의 처 간난이 등이었다. 실구지에게는 세 살배기와 젖먹이 하나, 동생 길동이에게도 젖먹이 어린아이 하나, 그리고 처남 박질에게도 두 살짜리 어린애가 있었다.

"다 왔는가? 내 오늘 할 말이 있어서 이렇게 불렀네."

실구지는 막걸리 한 사발을 단숨에 들이켜고 무김치를 한 입 베어물었다. 좌중을 둘러본 실구지는 입술을 닦으면서 헛기침했다.

잠시 뜸을 들인 실구지는 이 판사 댁에 다녀온 이야기를 하면서 내은이 자매가 춘삼월에 과주로 이사 오기로 했다는 사실을 알렸다.

모인 사람들 모두 깜짝 놀라 실구지를 바라보았다. 그런데 가족들의 반응은 의외로 차가웠다. 실구지 처 복실이가 삐죽거리면서 시큰둥하게 말했다.

"아니, 뭣 땜에 이리로 내려온다는 말인가요? 거기 한양에 넓은 집 놔두고…? 여기 오면 뭐가 좋은 게 있다고?"

"그러게요. 이제 좀 편히 살겠다 싶었는데, 괜히 피곤해지게 생겼네. 아… 못 오게 해야지. 못 오게… 여긴 왜 온대요?"

처남 박질의 처 간난이가 거들고 나섰다. 그러자 가만히 눈치를 보고 있던 동생 길동이가 맞장구를 쳤다.

"형님, 그냥 이대로 있는 게 좋잖아요? 대감마님 내외분도 돌아가시고 여기에 와서 간섭할 사람도 없잖아요. 아씨는 아직 어려서 여기 과주에는 관심도 없을 텐데요…. 뭐 하러 일부러 여기까지 이사 오게 만드는 건지… 모르겠네요."

간난이는 아이가 울며 보채자 젖을 물리면서 옆에 앉은 서방 옆구리를 쿡 찔렀다. 뭔 말이라도 해보라는 뜻이었다.

박질은 간난이의 재촉을 받자 매형 실구지의 눈치를 보면서 머뭇거렸다.

실구지가 막걸릿잔을 들면서 말했다. 그는 아녀자들의 시큰둥한 반응에 기분이 상한 듯 신경질적으로 말했다.

"다 내게 생각이 있어서 그러는 거여. 아녀자들이 뭘 안다고 그래? 이 넓은 과주 토지를 그냥 두고 보자는 게 아니니까…. 우리가 언제까지 이렇게 살다가 죽을 거여? 그냥 내가 하라는 대로 하면 되는 거여. 경칩이 지나면 이사 올 것이니 다들 준비해 봐. 걱정들 하지 말고….”

“아… 그래도 형님, 뭔가 우리도 그 생각이란 걸 알아야 되
잖겠소? 그래야 우리도 무슨 준비를 하는 거지….”

“아… 글쎄, 나만 믿으라니까 그러네….”

실구지가 막걸릿잔을 내려놓으며 큰소리를 쳤다. 실구지의
표정이 약간 일그러지는 듯 보이자 모두 입을 닫았다.

실구지는 가족들에게 준비해야 할 일들을 구체적으로 하나
하나 지시하면서 분위기를 잡았다.

이튿날 아침부터 과주의 이 판사 댁 별채는 분주하게 돌아
갔다. 이들은 이 판사가 살아생전에 가끔 과주로 내려오면 기
거하던 별채를 다시 깨끗하게 정리했다. 문틀을 닦아내고 창
호지를 다시 바르는 등 하나하나 점검해 나갔다.

조선시대 노비奴婢의 사회적 지위

노비奴婢는 우리나라의 과거 신분제 사회에서 다른 사람이나 기관에 예속된 특수한 천민 계급을 가리킨다. 흔히 '종'이라고도 불렀으며, 남자 종을 '노奴', 여자 종을 '비婢'라고 했다.

이들은 남의 집이나 나라에 몸이 매여 대대로 노동력을 제공하던 사람으로서, 관가에 예속된 이를 공노비公奴婢, 개인에 예속된 이를 사노비私奴婢라고 했다. 사노비 가운데는 주인집에 같이 사는 솔거노비率居奴婢와 주인집과 따로 사는 외거노비外居奴婢가 있었다.

외거노비는 주인과 따로 살면서 주인의 토지를 관리하고 그 대가로 곡식과 쌀을 바치며, 때로는 신공身貢을 제공하기도 했다. 과주에 살면서 그곳에 있는 이 판사 댁의 땅을 관리하며 농사를 짓고 그 대가로 이 판사 댁에 곡식과 쌀을 바치는 실구지 형제는 이 판사 댁 가문의 외거노비였다.

외거노비는 솔거노비와는 달리 자기가 사는 거주지를 확인시켜 주는 호적이 따로 있었고, 독자적인 가계와 재산을 갖고 있어서 솔거노비보다는 경제적 처지가 나은 편이었다.

『속대전續大典』에 의하면, 외거노비의 1년 신공액은 노奴는 면포 2필, 비婢는 면포 1필 반이었다.

이들은 경제적으로 토지와 가옥, 심지어 별도로 노비까지 거느리고 있었으며,

조선시대 노비의 삶(풍속화)

때로는 다른 양반들의 토지를 소작하기도 하였다. 또, 공장工匠으로서 수공업에 종사하거나 상업과 어업을 겸하는 예도 있어 부유한 경제력을 가진 자들도 생겨났다. 이들에게는 원칙적으로 군역軍役의 의무가 없었다.

노비가 사회·경제적으로 지위가 낮았던 이유는 그들의 신분이 대대로 세습되면서 주인의 뜻에 따라 매매, 증여, 상속의 대상이 될 수 있었기 때문이다. 또 양인良人보다 무거운 신공 부담도 함께 져야 했다.

고려시대 이래로 노비의 신분은 천자수모법賤者隨母法에 따라 결정되었다. 즉, 노비 부부 사이에서 태어난 자녀는 어머니의 신분을 따라 노비가 되었고, 그들의 소유권은 어머니의 주인에게 귀속되었다. 또한 양인 남성과 비婢 사이에서 태어난 자녀 역시 천자수모법에 따라 신분과 소유권이 결정되었다.

반면, 예외도 있었다. 노奴와 양인良人 여성 사이에서 태어난 자녀의 경우 아버지의 신분에 따라 노비가 되었고, 그들의 소유권은 아버지의 주인에게 귀속되었다.

결국 노비 사이의 결혼은 물론 양인과 노비 사이의 결혼에서 태어난 자녀들도 모두 노비가 되는, 다시 말해 부모 가운데 한 사람이라도 노비라면 그 자녀 역시 노비가 되는 일천즉천一賤則賤의 강력한 노비 신분 세습 원칙이 적용되었다.

그래서 이들은 신분의 억압에서 벗어나려고 많은 노력을 기울였다. 외거노비 가운데 부유한 경제력을 가진 자들은 관리를 매수해 노비 신분을 벗어나기도 했다. 게다가 자기 상전을 우습게 여기고 신공을 바치지 않는 경우도 생겨났다.

그들의 상전은 대부분 도성에 거주하는 양반 관리였다. 따라서 이들은 먼 곳의 외거노비를 관리·통제하기 위해 주로 지방 수령의 협조를 얻어 노비에 대한 신공을 징수하거나 도망한 노비를 추적하기도 했다.

고려 공민왕 10년(1361년), 홍건적이 고려의 수도인 개경을 함락해 불을 지르는 바람에 조정에서 관리하던 노비문서가 다 타버리는 일이 있었다.

이 때문에 고려 말부터 조선왕조 개국 초기까지 노비와 관련된 송사가 엄청

나게 많아졌고, 이로 인해 노비 소송 전담 부서였던 형조의 업무가 마비될 지경에 이르렀다.

이러한 사회 혼란을 알고 있던 태조 이성계는 즉위하자마자 국민 대화합 차원에서 태조 1년(1392년) 11월에 밀린 세금 이상으로 노비의 일을 한 사람들은 다시 양인良人으로 만들어주는 파격적인 조처를 내렸다. 그리고 태조 6년(1397년)에 노비와 관련된 법규를 정비했다.

당시 노비 1명의 시세는 오승포五升布 150필 정도에 불과했다. 시중에 유통되는 말馬 한 필의 값이 오승포 400~500필 정도였던 것과 비교하면 터무니없이 싼 가격이었다.

오승포란 조선시대에 관리에게 녹봉으로 주던 다섯 새의 베나 무명의 하나를 말한다. '승升'은 가늘고 굵은 정도를 표시하는 단위로, 오승五升은 곧 품질이 중간 정도에 해당하였다.

조정에서는 노비의 가격이 말 한 필보다 가치가 떨어진다고 하여 노비의 시세를 임의로 정했다. 새로 정해진 노비의 가격은 나이 15세 이상에서 40세 이하인 자는 400필, 14세 이하와 41세 이상인 자는 300필이었다.

당시 법규에 따르면, 천인 남자賤口가 양인 여자良女에게 장가들어 낳은 자식은 아비의 신분을 따르게 하였다. 이에 따라 두 사람 사이에 자식이 태어나면 모두 사천私賤의 신분이 되었다.

예를 들어 몰락한 양인 집 딸이 끼니를 해결하기 위해 반강제적으로 부유한 사천私賤 신분의 남자에게 시집가는 경우가 많았는데, 그 자식들은 모두 남자의 신분을 세습하였으므로 자연스럽게 천민賤民이 되었다.

이런 풍조가 이어지면서 갈수록 양인의 숫자가 줄어들고 천인의 숫자가 늘어나는 현상이 생겨났으며, 조정에서는 양인에게 거둬들여야 할 세금이 줄어들게 되었다.

기득권층에서 보면 사천 신분을 가진 자들이 많아지면 수요는 일정하거나 오히려 줄어드는 데 비해 공급이 넘쳐나므로 사노비의 가격이 떨어지는 현상이 나타났다. 그러므로 양반층으로서는 재산 가치가 점점 줄어들게 되었고, 조정에서도 세금을 거둘 인구가 줄어드는 것이니 당연히 민감한 문제였다.

조선시대 노비 제도는 대체로 태종 대에 이르러 정비되었다. 태종 대의 노비 정책은 양민 확보를 위해 추진된 것이었으나 효과를 거두지는 못하였다. 따라서 태종 대 이후에도 '양소천다良小賤多' 현상은 여전하였고, 국역 부담자의 확보를 위한 양민 확보책은 계속 추진되었다.

태종 1년(1401년)에 이르러 천인 남자와 양인 여자가 결혼하지 못하도록 법으로 정하였고, 만약 이미 결혼한 상황이라면 강제 이혼시키는 강경 조치를 취했다. 그러나 처벌에 대한 뚜렷한 내용이 없어서 천인 남자와 양인 여자 간의 혼인 문제는 계속해서 사회 문제로 대두되었다.

그래서 태종 5년(1405년)에는 이를 금지하기 위하여 다시 한번 양천 간의 혼인을 금지하도록 공표하고 처벌 조항도 함께 정리하는 조처를 내렸다. 즉, 혼인한 사람은 강제 이혼시키고 해당자와 해당자의 자식이 있을 때는 국가에 귀속시키도록 했다. 법규 위반자를 고발하면 상금으로 포布 200필을 하사했다.

조선 전기에는 군에서 공을 세우거나軍功, 조정의 정책에 따라 변방으로 이주하는 것徙民, 수배 중인 도둑을 검거하는 데 공을 세운 자捕盜, 그리고 일정한 양의

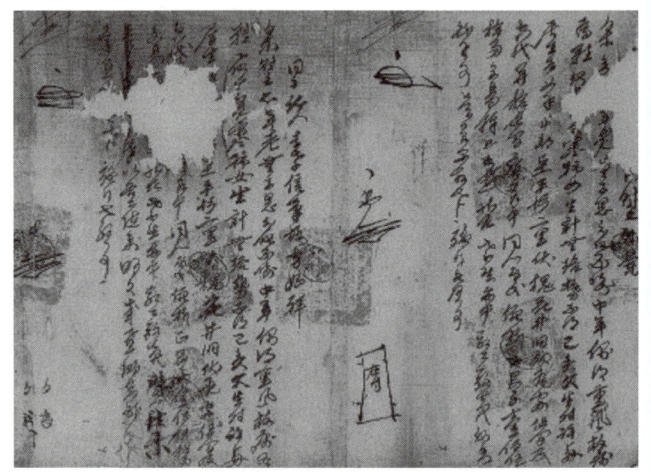
조선시대 부동산 계약서 초사(진술서)

곡물과 금전을 납부納贖하는 등의 경우에 천인 신분을 벗어나게 해주는 면천免賤의 혜택이 주어졌다.

면천免賤은 말 그대로 천인 신분을 면하는 것인데, 조선 초기부터 양민良民을 확보해 군액軍額을 보충하는 방안으로 시행되었다.

그러나 면천은 부분적인 범위에서만 가능하였을 뿐, 대규모 면천 정책을 추진하지는 못하였다. 그것은 유교적 신분 질서의 확립을 요구하는 관료 지배층의 반대 때문이었다.

여기에서 특이한 내용은 『조선왕조실록』에 들어 있는 왜노비倭奴婢에 관한 기록이다.

당시 왜인倭人 중에서 조선에 와서 노비로 생활하는 경우가 많았다. 즉, 왜인들 가운데 조선에 들어와 경상도 동해안 바닷가 근처에 정착해 양반이나 관官에서 노비처럼 임금 노동자로 사는 자들이 많았다.

또, 노략질하러 해안가에 왔다가 포로로 잡혔는데 석방해도 돌아가지 않고 자기들 땅보다 먹을 것이 풍족한 조선에 눌러 살려고 하는 자도 있었다. 또, 조정의 관료가 일본에 통신사로 갔다가 왜인을 몸종으로 데려오거나 노비로 사 오는 경우 등도 있었다.

태종 10년(1410년)의 기록에 보면, 경상도 일대에 사는 왜인 노비의 수가 무려 2,000여 명이 넘는다고 했다.

당연히 지금도 그렇지만 외국인 노동자들의 문화나 생활방식의 차이에서 오는 이질감이나 그들이 일으키는 범죄가 큰 사회 문제가 되는 일이 자주 일어났다.

먹을 것이 없어 개인의 집에 스스로 노비가 된 왜인들 가운데는 주인집 마님이나 딸을 강간하고 도망가거나, 심지어는 주인을 죽이고 달아나는 자들 때문에 사회적 문제가 되기도 했다.

이 때문에 태종 8년(1408년)에는 앞으로 왜노비倭奴婢를 사고파는 행위를 금지하는 조처를 내리기도 했다.

호랑이 굴

우수가 지나면서 과주의 이 판사 댁에서 거주할 내은이 자매의 거처는 제법 그 형체를 갖추었다. 누가 봐도 새로 지은 집처럼 꾸며진 것이다.

실구지는 처남 박질과 함께 다시 한양으로 올라가 내은이에게 과주에서 지낼 별채를 깨끗하게 단장했다고 말했다.

실구지로부터 과주에서 준비가 끝났다는 말을 들은 내은이는 이 사실을 답십리 어른에게 알리고 이사 날짜를 잡아 달라고 부탁했다.

이윽고 이삿날이 잡히자 내은이는 만복이에게 과주로 가서 실구지 형제에게 알리고 날짜에 맞추어 달구지를 가지고 오라고 전하도록 했다.

이튿날 아침, 만복이는 과주로 출발했다. 점심때가 되어 과주 이 판사 댁에 도착한 만복이는 실구지 형제에게 그간에 있었던 일을 소상히 알렸다. 그리고 내은이가 당부한 이야기를 전하면서 차질 없이 준비하라고 했다.

만복이는 과주에서 하룻밤을 보내고 이튿날 오전까지 실구지 형제의 안내를 받아 새로 수리하고 단장한 별채를 꼼꼼히 둘러보았다. 오후가 되자 만복이는 다시 한양으로 출발했다.

그날 밤, 실구지는 아무도 모르게 처남 박질을 물레방아가 있는 농막으로 불러냈다.

사위가 어둑해지자 박질이 달빛을 가로질러 농막에 도착했다. 실구지는 박질을 끌고 농막 안 구석으로 들어가 미리 준비한 막걸리를 꺼냈다.

"아니… 형님도 참…. 술이야 집에서 마시면 될 일을…."

박질이 의아스러운 듯 말을 꺼내자 실구지가 손가락을 입에 갖다 대며 조용히 하라는 시늉을 했다.

"조용히 해, 이 사람아. 내 박 서방한테 긴히 할 얘기가 있어서 그래."

"할 얘기요…? 무슨 얘긴데 여기서…."

"이봐, 좀 조용히 하고 내 얘기 들어봐."

실구지는 다시 주위를 돌아보며 목소리를 낮추었다. 박질도 덩달아 자세를 낮추면서 주위를 두리번거렸다.

달빛 아래 사방은 고요했다. 느티나무 위에서 부엉이 우는 소리가 들렸다.

"우리 언제까지 남의 밑에서 죽으라고 일만 할 건가? 우리도 이제 잘만 하면 이런 천한 신분에서 벗어날 수 있어."

"예? 그게 무슨 말인지…."

박질이 대체 무슨 영문인지 알 수 없어 눈만 동그랗게 뜨고 실구지를 바라보았다. 달빛에 비친 실구지의 얼굴은 잔뜩 상기되어 있었다.

"우리가 잘만 하면 우리 신분을 바꿀 수 있을 정도로 부자가 될 수도 있어. 자… 지금 우리 처지를 잘 보라고…. 우리 상전인 이 판사 어른 내외가 다 돌아가셨잖아."

"그런데요…?"

"그런데요… 라니? 생각 좀 해 보라구, 이 사람아. 이 판사 댁에 남은 자식이라고는 아들 없이 딸만 셋뿐이야. 그것도 아직 세상 물정을 하나도 모르는 어린 것들이란 말이지."

"그래서요? 그게 무슨 상관인지…."

"허… 이 사람 보게. 답답하긴…."

실구지는 박질의 어깨를 치며 답답하다는 듯 혀를 찼다.

"내은이를 내가 마누라로 삼으면 될 거 아닌가? 응?"

순간, 박질이 펄쩍 뛰며 허리를 폈다.

"예에…? 마… 마누라로 삼는다고요? 아… 아… 아씨를… 말입니까? 그… 그게 무슨….."

"소리 낮춰, 이 사람아."

실구지는 놀라 벌떡 일어난 처남 박질의 어깨를 짓누르며 손을 입에 갖다 대고 조용히 하라는 시늉을 했다.

"아니… 내 말은 형님. 무슨 수로 아씨를 마누라로 삼을 수 있단 말이오? 그게 가당키나 하오? 그게…?"

"아… 글쎄, 농담이야. 이 사람도…. 예를 들면 그렇다는 얘기야."

실구지는 한 발 빼며 싱긋 웃었다.

"아무리 농담이라도 그렇지… 나… 원….."

박질도 따라서 웃었다. 실구지가 주위를 다시 두리번거리다가 말을 이었다.

"다 내게 생각이 있어. 두고 보라고. 자네는 그저 입 다물고 내가 하라는 대로 하기만 해. 이제 우리도 팔자 좀 고쳐야 할 거 아닌가? 두고 보라고. 자네는 일이 끝날 때까지 입이나 조심해. 혹시라도 누가 알면 일이 그르칠 수 있으니 말이야. 내가 다 준비할 테니 자네는 시키는 대로만 하라고. 알겠어, 박서방?"

"아… 나야… 뭐… 아무것도 모르니… 하여간 알겠소, 형님.

근데… 그게 뭔 말인지 나는 당최 모르겠소."

실구지는 처남 박질에게 더 이상 자세한 이야기는 하지 않았다. 괜히 상상도 하지 못할 일을 꺼냈다가는 실행에 옮겨보지도 못하고 오히려 일을 그르칠 수 있다고 생각한 것이다.

느티나무 위에서 또 부엉이가 울었다. 눈이 내린 지 며칠 지나지 않은 들판은 달빛을 받아 멀리서 움직이는 사물을 분간할 수 있을 정도로 밝았다.

두 사람은 반달이 서산으로 넘어갈 때까지 막걸리를 주고받으며 물레방앗간에서 밀담을 나누었다.

경칩驚蟄을 지나면서 바람은 피부로 느낄 정도로 달라졌다. 봄을 준비하던 농부들은 파종을 위해 땅을 고르기 시작했다. 밭에는 벌써 달래와 냉이가 올라오고 있었다.

이삿날로 정해진 날은 춘분을 코앞에 둔 날이었다. 햇볕도 제법 따스한 화창한 봄날이었다.

내은이는 실구지 형제들이 가지고 온 달구지에 짐을 싣고 과주를 향해 출발했다. 이삿짐이라고 해봐야 별것 없었다. 규방에서 쓰는 간단한 옷가지와 용품, 과주의 토지문서와 부모님의 유품을 보관한 상자 등이 그것이었다. 만복이와 연지도 자기들이 쓰는 용품만 챙겼다.

오래된 장롱을 비롯한 가구는 그대로 두고 가기로 했다. 어차피 나중에라도 내은이가 혼인하게 되면 다시 한양으로 올 수도 있음을 고려한 결정이었다.

내은이는 답십리 어른 내외의 전송을 뒤로 하고 과주로 향했다.

답십리 부인은 내은이의 손을 잡고 아쉬움에 눈물을 흘렸다. 답십리 어른은 내은이에게 집 걱정은 하지 말고 이사 가서 건강하게 지내라고 당부했다. 무슨 일이라도 생기면 소식을 전하라는 말도 잊지 않았다.

이촌 나루터에서 배를 타고 한강을 건너 동작나루에 도착한 행렬은 남태령으로 향했다.

남태령南泰嶺은 서울특별시 관악구와 경기도 과천시의 경계를 이루는 고개이다. 지금은 남태령에 넓은 대로가 개통되었지만, 일제강점기 신작로가 개설되기 이전까지만 해도 한양과 삼남 지방을 오가던 사람들이 주로 이용하던 고개였다.

삼남 지방에서 올라온 사람들은 남태령을 넘어 사당동, 동작동을 지나 동작나루나 노량나루에서 배를 타고 한강을 건너 도성으로 이동했다.

남태령 구간에는 숲이 우거져 도적이 많았다고 한다. 충청

도와 호남 지방에서 과거를 보기 위해 한양으로 향하던 선비들의 관문이었던 이곳에서는 이들 선비의 봇짐을 노리는 도적들이 끊이지 않았다.

이 도적들의 행위가 여우 같다고 해서 남태령을 여우고개로 부르기도 했다. 과천에서 한양으로 갈 때는 행인 50명이 모인 다음 관군의 호송을 받아 고개를 넘을 수 있었다고 해서 쉬네미 고개라고도 불렀다.

남태령 아래 사당 주막집에서 간단히 먹을 것을 챙긴 내은이 일행은 과주로 가는 사람들이 30여 명쯤 모이자, 그들 틈에 끼어 남태령 고갯길을 오르기 시작했다.

고갯길을 힘겹게 올라 겨우 정상에 오른 내은이와 어린 동생들은 고갯마루 느티나무 아래에서 잠시 쉬었다. 연지가 물주머니를 가지고 와서 내은이에게 건넸다. 내은이는 동생들에게 물주머니를 내주었다.

내은이는 두고 온 집이 있는 한양도성을 돌아봤다. 한강 너머 멀리 보일 듯 말 듯 남산 자락 아래가 눈에 들어왔다. 두 동생은 멀리 보이는 한강을 보며 깔깔대며 장난치고 있었다. 내은이는 순간 콧등이 시큰거렸다.

"아씨. 이러다 해가 저물겠어요. 어서 가시지요."

만복이의 재촉에 내은이는 눈물을 삼키며 동생들의 손을 잡왔다. 함께 고갯길을 올라온 일행들이 이미 저만치 앞서가고 있었다. 이렇게 먼 길을 처음 나선 터라 내은이는 달구지에 앉았는데도 온몸이 아파왔다.

"이랴. 가자."

실구지가 소 잔등을 매몰차게 내리쳤다. 달구지가 덜컹거리며 고개 아래로 내려가기 시작했다.

고개 아래 주막에서 다시 물 한 모금을 마신 일행은 길을 재촉했다.

남태령 내리막길이 끝나는 부근에서 남쪽으로는 들판이 길게 이어졌다. 개울을 따라 이어지는 둑길을 따라 한참을 내려가다가 맞은편 계곡으로 접어들었다.

"아씨. 다 왔습니다요. 저기가 아씨와 작은 애기씨께서 기거할 집이구먼요."

실구지가 가리키는 계곡 쪽으로 멀리 아담한 기와집과 초가집 몇 채가 보였다. 계곡 주변으로는 아직도 녹지 않은 잔설이 군데군데 남아 있었다.

계곡 입구에 들어선 내은이 일행을 발견한 사람들이 손을 흔들며 뛰어오고 있었다. 실구지가 목에 걸친 수건을 꺼내 땀을 닦으며 손을 흔들었다.

"다 왔나 보다. 힘들었지?"

내은이는 동생들을 보며 웃었다. 그녀의 말이 끝나자 동생들은 어느새 달구지에서 내려 뛰어가고 있었다.

"아씨. 조심하세요. 미끄러워요."

연지가 동생들을 따라가며 소리쳤다. 바람이 한차례 휘감고 지나가자 내은이는 풀고 있던 목도리를 다시 감았다. 바람은 아직도 차가웠다.

해는 어느새 서산으로 기울고 있었다.

내은이 가족이 과주로 내려오자, 실구지는 미리 깨끗하게 손질해 단장해 놓은 별채로 내은이를 안내했다.

연지와 만복이는 앞장서서 물건을 부지런히 집안으로 옮겼다. 어린 두 자매는 새로 단장한 집에 들어가 여기저기 둘러보며 깔깔댔다. 내은이는 어린 동생들이 좋아하는 모습을 보며 다소 안심이 되었다.

"아씨. 짐은 모두 내렸으니 차차 정리하시면 됩니다요. 저는 달구지를 갖다 놓고 저녁상을 준비하겠습니다. 아… 참… 그리고 연지는 아씨가 방 안에서 짐 정리하는 것을 도와드리고 만복이는 나를 따라 아래 행랑채로 좀 가세."

"예? 저 말입니까?"

"아니… 그럼… 만복이가 여기 자네 말고 또 있나?"

"아이고… 그렇구먼요. 큰 아씨, 작은 아씨. 그럼 냉큼 다녀오겠습니다. 연지야. 부탁해."

한양에서 실어 온 짐을 내리던 실구지가 이마의 땀을 훔치며 웃었다. 마당에 모인 사람들도 모두 따라 웃었다. 내은이도 웃음을 참으며 빙그레 미소 지었다.

짐을 모두 내리자 실구지는 달구지를 끄는 소의 고삐를 잡아 만복이에게 건넸다. 만복이는 달구지를 몰아 아래 행랑채로 내려갔다.

물레방아가 돌고 있는 농막을 지나 오른쪽으로 돌자, 야트막한 계곡을 끼고 있는 아담한 집이 모습을 드러냈다. 여인네들이 바삐 움직이고, 굴뚝에서는 하얀 연기가 올라오고 있었다.

실구지 형제들이 사는 집은 내은이가 묵을 집과는 100여 미터 떨어진 곳에 있었다.

실구지가 만복이를 데리고 오자, 실구지의 동생 길동이와 처남 박질, 그리고 그들의 가족이 모두 나와 서로 인사를 주고받았다.

"앞으로 잘 부탁합니다요."

만복이가 멋쩍게 웃으며 인사했다. 서로 알고 있는 사이긴 해도 아직은 좀 어색한 분위기였다.

"저녁 준비는 다 돼 가는가? 해가 곧 넘어가네."

실구지가 재촉하자 그의 처가 얼른 부엌으로 들어갔다. 뭔가 영 기분이 내키지 않는 듯한 표정이었다.

"아… 뭐 하고 있어? 빨리 연장 다 챙겨서 제자리에 갖다 놓고 우리도 빨리 준비해야지."

실구지의 말에 사람들은 모두 일사불란하게 움직였다. 만복이는 뭘 해야 좋을지 몰라 엉거주춤 서서 실구지를 쳐다봤다.

"너는 조금 있다가 여기 저녁상이 준비되거든 올라가서 아씨를 모셔 와. 그리고 이제부터 우리는 모두 한 식구니까 잘해 보자고…."

"아… 예. 제가 잘 부탁드려요. 헤헤…."

만복이는 머리를 긁적이며 해맑게 웃었다.

해가 넘어가면서 땅거미가 몰려오기 시작했다. 날이 어둑해지자 실구지는 만복이와 함께 집 주위에 등을 걸어 환하게 밝혔다.

이윽고 실구지는 만복이에게 아씨를 모셔 오라고 일렀다. 만복이는 잽싸게 내은이가 짐을 정리하고 있는 집을 향해 뛰었다.

만복이가 물레방아 농막을 돌아 사라지자 실구지는 식구들에게 서두르라고 소리쳤다. 여인네들은 부지런히 부엌을 드나들었다.

잠시 후, 만복이와 연지의 안내로 내은이가 어린 두 동생의 손을 잡고 마당으로 들어섰다. 실구지와 하인들은 모두 나와 허리를 깊이 굽히며 인사했다.

"아씨. 어서 오세요. 먼 길 오시느라 고생하셨구먼요."

실구지와 그의 처 복실이가 굽신거리며 마루 위로 안내했다. 등불을 환하게 밝힌 마루 위에는 미리 준비한 음식이 상다리가 부러질 정도로 차려져 있었다.

"뭘 이렇게 준비한 건가. 그냥 간단히 준비하지…."

"아닙니다. 별로 차린 게 없습니다요. 그래도… 아씨. 저희 아랫것들의 정성이니 받아주시면…."

"아니지. 아니야. 정말 고맙네."

내은이는 실구지의 안내를 받아 마루로 올라서서 가운데 앉았다. 실구지를 비롯한 일꾼들은 부지런히 부엌과 마루를 오가며 정성을 다해 대접했다. 어린 자매들은 신이 나서 재잘거렸다.

내은이는 오랜만에 느껴보는 분위기에 울컥했다. 돌아가신 부모님이 생각났다. 부모님이 살아계실 때 자주 느껴보던 분위기였는데, 두 분이 모두 돌아가시고 가장이 된 후로는 이런 기회조차 없었으니 부모님이 그리운 건 당연한 일이었다.

내은이는 이렇게 정성스럽게 거처할 곳을 마련해 주고 잔치 분위기처럼 자신과 여동생을 환대해 주는 실구지에게 고마움을 느꼈다. 아무리 아랫것들이라고 해도 이렇게 배려해 주는 건 쉬운 일이 아니라고 여겼다.

실구지 형제와 처남 박질, 그리고 가족들 모두 막걸리를 마시며 왁자지껄 떠들어댔다. 저마다 흥에 겨워 노래를 부르기도 했다. 이 판사 댁 외거노비들이 살던 집은 잔칫날 같았다.

분위기가 한참 무르익을 즈음, 난생처음으로 먼 길을 나선 내은이는 몹시 피곤했다. 온몸이 욱신거려왔다. 어린 동생들은 차례로 내은이와 연지의 품에 안겨 잠이 들었다.

이제 그만 쉬어야겠다고 생각한 내은이가 몸을 일으키자, 실구지가 얼른 눈치를 채고 만복이의 등을 살짝 쳤다. 아씨를 숙소로 안내하라는 신호였다.

내은이는 하인들의 환송을 받으며 집으로 향했다. 실구지가 앞장을 서고 만복이가 등을 밝히며 길을 안내했다. 어린 동생들은 연지와 박질의 처 간난이가 업고 뒤를 따랐다.

집에 도착한 내은이는 뒤따라온 하인들에게 수고했다는 말을 남기고 방으로 들어갔다. 뒤따라 들어온 연지와 간난이가 어린 동생들을 아랫방에 눕혔다. 오랜 시간 동안 장작을 피웠는지 방바닥은 따뜻했다.

"아씨. 오늘 너무 수고하셨습니다요. 그럼 먼저 쉬세요. 그리고… 만복이와 연지는 잠시 내려가서 저희와 남은 음식을 마저 먹고 앞으로의 계획을 의논하려 합니다. 금방 올라올 것이니 걱정하지 마시고 먼저 주무세요."

실구지가 내은이에게 인사를 하고 사립문을 열고 아래채로 내려갔다. 내은이는 실구지가 내려간 것을 확인하고 연지와 만복이를 불렀다. 두 사람에게 수고했으니 내려가 충분히 쉬고 올라오라고 이르고는 방으로 들어갔다.

만복이와 연지는 별로 내키지 않았지만, 첫날이라 그저 하라는 대로 하는 것이 좋을 것 같아 묵묵히 따르기만 했다.

"그럼… 아씨. 잘 쉬세요. 내일 아침에 오겠습니다."

윗방에 작은 아씨들을 눕혀놓고 아랫방까지 방바닥의 온기를 확인한 연지가 마당으로 나왔다. 만복이는 이쪽저쪽을 확인한 후 사립문을 닫고 밖으로 나왔다.

제법 깔끔하게 단장한 방에 누운 내은이는 과주에서의 첫날 밤이라고 생각하니 모든 게 불안했지만, 그녀에게는 이렇게 하는 것이 최선의 선택이라 생각했다. 모든 건 운명에 맡길 수밖에 없다고 여겼다.

지게문 사이로 희미한 달빛이 스며들었다. 뒤척이던 내은이는 몸을 반쯤 일으켜 윗방 방문을 열고 동생들의 얼굴을 바라보았다. 나이 어린 두 동생은 세상모르고 잠들어 있었다.

엄마가 보고 싶었다. 내은이의 눈가에 이슬이 맺혔다. 곤하게 잠든 동생들이 깰까 봐 아랫방으로 내려와 조용히 자리에 누웠다.

잠시 뒤척이던 내은이는 금방 잠이 들었다. 한강을 건너 동작나루를 거쳐 남태령을 넘어오느라 너무 피곤했던 하루였다. 이렇게 먼 길을 나서 본 적이 없었던 내은이로서는 당연한 일이었다.

무너지는 하늘

"어이, 만복이. 너 술 좀 하냐?"

실구지가 만복이를 곁에 앉히며 물었다. 사람들은 마당에 둘러앉아 막걸릿잔을 기울이며 이야기꽃을 피웠다.

"아니요. 아직 술은 배우지 못했습니다."

"어? 그래? 근데 그 뭣이냐… 술을 뭐 배워서 마시냐? 그냥 마시면 되는 거지. 안 그런가?"

"아… 맞는 말씀이오. 그러고 보니 우리가 언제 술 마시는 걸 배운 적이 있소? 하하하…."

억지로 먹이려는 사람들의 등쌀에 못 이겨 엉겁결에 두어 잔을 마시자 취기가 확 올라왔다.

만복이는 계속 손사래를 쳤다. 연지가 건너편에서 걱정스러운 눈으로 만복이를 바라보고 있었다.

"자자…. 오늘은 맘껏 마시고 내일부터 우리 주인아씨 잘 모시고 잘살아 보자고…."

"와아—"

실구지가 술잔을 들고 소리치자 모두가 호응했다. 실구지와 하인들이 머무는 집은 와자지껄하게 흥겨운 분위기가 이어졌다.

실구지가 일어나 길동이와 박질이 앉은 옆으로 자리를 옮겼다. 세 사람이 술잔을 부딪치며 건배했다. 실구지가 곁눈질로 만복이와 연지를 보며 두 사람에게 귓속말로 뭔가 말했다. 두 사람은 고개를 끄덕이며 알았다는 신호를 보냈다.

박질이 자리에서 일어나 큰소리로 말했다.

"자아, 마시자고… 먹다 죽은 귀신은 때깔도 좋다고 했잖아. 인생 뭐 있어? 이렇게 즐기면서 사는 거지. 안 그렇소, 형님? 하하하…."

"맞소."

길동이가 장단을 맞추었다. 실구지의 처 복실이는 뭔가 못마땅한 듯 고개를 절레절레 흔들며 입을 삐쭉거렸다.

실구지는 미소를 띠며 다시 만복이 옆에 돌아와 앉았다. 그는 만복이의 적삼을 끌어당기며 귀에 대고 조용히 일렀다. 그의 얼굴이 다가오자 독한 술 냄새가 풍겼다. 만복이는 본능적으로 허리를 뒤로 젖혔다.

"그리고 만복이. 너는 앞으로 나를 형이라고 불러. 응? 그래 야지."

"알았어…요. 혀엉…니임."

만복이가 고개를 가누지 못하고 앞으로 떨구었다. 실구지는 만복이와 연지에게 봄이 오면 좀 더 편하고 넓은 곳에서 아씨 를 모시며 생활하게 해주겠다고 말하며 씩 웃었다.

길동이와 박질이 계속 권하는 술을 억지로 몇 잔 더 마신 만 복이는 얼마 지나지 않아 모로 누워 잠이 들었다. 처음 마셔보 는 술을 이기지 못한 것이다.

"자. 오늘은 여기까지 하자구. 모두 정리하소. 제수씨가 여 기 다 치우소. 연지도 피곤할 텐데 그만 들어가서 쉬고."

만복이가 곯아떨어지자 실구지는 기다렸다는 듯이 자리를 털고 일어났다. 길동이와 박질이 만복이를 업어 방에 눕히고 나왔다.

연지가 만복이를 걱정하며 안절부절 왔다 갔다 하자, 길동 이가 얼른 연지의 소매를 잡고 걱정하지 말라며 여자들 방으 로 밀어 넣었다.

그렇게 흥거운 모임이 마무리되고 집안을 환하게 밝히던 등 불이 꺼졌다. 하인들이 각자 방으로 들어가자 사방은 다시 어둠에 잠겼다. 느티나무 위에서 부엉이 우는 소리가 들려왔다.

얼마의 시간이 지났을까?

부엉이 울음소리 사이로 멀리서 종소리가 들려왔다. 보광사普光寺에서 삼경三更을 알리는 종소리였다.

삼경을 알리는 종소리를 신호로 방문을 조심스럽게 열고 나오는 사내가 있었다. 그는 발걸음 소리를 죽이고 두리번거리며 마당으로 나오더니 조용히 사립문을 열고 밖으로 나왔다. 그는 담 모퉁이를 돌아 잰걸음으로 물레방아 농막으로 향했다.

곧이어 사내 두 명이 조용히 방문을 열고 나왔다. 그들도 발소리를 죽이며 사립문을 열고 물레방아 뒤 농막으로 향했다.

보름달은 중천에 걸려 사위가 밝았다. 내은이가 머무는 초가집에도 불빛이 없었다. 모두 곤하게 잠든 것이다. 농막 옆 느티나무 위에서 부엉이가 울었다.

두 사람은 누가 보는 이가 없을까 하며 계속 뒤를 살피며 앞서가는 사내를 따라갔다. 아무도 없는 들판을 달빛 아래 가로질러 사내 세 명이 물레방아 농막에 차례로 들어섰다.

"누가 본 사람은 없는 거지?"

먼저 나온 사내가 집 쪽으로 눈길을 주며 낮은 목소리로 물

범종梵鐘과 타종打鐘 행사

범종

범종梵鐘은 원래 사찰에서 대중에게 시각을 알려 그에 맞춰 사찰로 오게 하려는 목적으로 치던 도구였다. 전통적으로 사찰에서는 초경初更·이경二更·삼경三更·사경四更·오경五更에 대종을 울려 대중에게 시간을 알렸다.

초경(저녁 8시)에는 대종을 2번 쳤는데, 이는 수행의 단계인 십신十信, 십주十住를 나타냈다. 이경(저녁 10시)에는 대종을 3번 울려 십행十行, 십회향十回向, 십지十地를 의미했다. 삼경은 자정子正에 대종을 108번 쳤고, 사경(오전 3시)에는 견도見道 등 오위五位를 상징해 5번을 울렸다.

오경(오전 5시)에는 대종을 28번, 저녁 예불(저녁 6시) 때에는 36번을 쳤다. 일상에서 듣는 종소리 자체에 신성한 의미를 부여한 것이다. 그 외에도 사찰에서 중요한 불교 행사法要가 열리거나 고승의 법회, 열반, 재난 등 위급한 일이 일어났을 때는 반드시 대종을 쳐서 대중에게 알렸다.

조선시대 관官에서는 통행을 금지하기 위해 '인경'이라 하여 종루에서 종을 쳐 백성들에게 경고했는데, 이 역시 사찰의 관습에서 비롯되었다. '인경'은 원래 '인정人定'에서 온 말이다. 관청에서는 매일 밤 10시에 28번 종을 쳐 성문을 닫고 통행금지를 알렸는데 이를 인정이라 했다. 또 매일 새벽 4시에 33번 종을 쳐 통행금지를 해제했는데 이를 파루罷漏라 했다.

오늘날 매년 제야除夜에 서울 보신각 타종 행사나 국립경주박물관의 성덕대왕신종(에밀레종) 타종 행사에서 33번 종을 울리는 것도 바로 이 인경의 관습에서 비롯된 것이다.

었다. 그는 바로 실구지였다.

"없지요. 이 야밤에 누가 알겠어요?"

길동이가 박질을 쳐다보며 대답하자, 박질도 아무 일 없다는 듯 고개를 끄덕였다.

"식구들은…? 만복이와 연지도 자는 게 확실하지?"

"그럼요. 모두 잠든 거 확인하고 나왔어요. 만복이는 술에 곯아떨어졌구먼요."

"쉿. 목소리 낮춰, 이 사람아."

박질이 얼른 대답하자, 실구지가 그의 어깨를 잡아 앉히며 입에 손가락을 대고 농막 바깥을 살폈다.

"자네들 술은 적당히 했지? 괜찮아?"

"아, 거의 안 마셨어요. 먹는 시늉만 했죠. 만복이 취하게 만드느라 애썼어요. 만복이 자식, 순진하기는…. 주는 대로 다 받아 마시더라고요. 흐흐흐…."

박질이 누런 이를 드러내며 웃었다. 길동이도 손으로 입을 가리며 따라 웃었다. 실구지는 두 사람의 어깨를 힘주어 잡으며 말을 이었다.

"자, 지금부터 내가 하는 말 잘 들어."

실구지가 다시 한번 바깥을 두리번거렸다.

"지난번 내가 했던 말 기억하지? 응?"

"어… 그게… 아씨를 말하는 거….”

박질이 의외라는 듯 고개를 들며 실구지를 쳐다봤다.

"그래. 바로 그거야.”

실구지가 고개를 끄덕이며 대답했다.

"아, 기억하지요. 그런데요?”

"그런데요라니? 내가 말한 그날이 바로 오늘 밤이라고.”

"예에…? 오늘 이사 왔잖아요…. 아직 짐도 다 안 풀었는데요?”

길동이가 화들짝 놀라 눈을 크게 떴다. 박질도 뜻밖이라는 듯 거들었다.

"에이… 그래요, 형님. 아무리 그래도 오늘 이사 왔는데…. 너무 서두르는 거 아닌가요? 천천히 해도 되잖아요.”

길동이와 박질이 난감한 듯 고개를 갸웃거리자, 실구지는 강한 어조로 두 사람의 손을 잡았다.

"그러니까 오늘 밤에 해치워야 한다고. 소 뿔도 단김에 빼야 한다고 했잖아. 오늘 밤이 좋아. 모두 정신없을 때 해치우는 거야.”

그래도 두 사람이 선뜻 대답하지 않자, 실구지는 답답한 듯 한숨을 내쉬며 말했다.

"자네들, 언제까지 양반들 밑에서 하인 노릇만 하며 살 거야? 이대로 가면 우리 자식도 우리처럼 사람 취급 못 받고 사는 거잖아. 이번이 절호의 기회라고 했잖아. 저것들만 손에 넣으면 우리도 양반처럼 띵띵거리며 살 수 있어. 이 많은 재산도 우리 것이 되는 거야. 알아들었어? 내 말?"

실구지는 침을 튀기며 말했다. 두 사람은 서로 번갈아 보더니 알겠다는 뜻으로 고개를 끄덕였다.

우리 역사에서 노비 신분 제도는 시대가 바뀔 때마다 이해득실에 따라 달라졌다. 그때마다 노비들은 신분의 굴레에서 벗어나려 눈물겨운 노력을 했다.

『고려사高麗史』「형법지刑法志」에는 "정종 5년(1039), 천한 것은 어머니를 따르도록 하는 법을 제정했다."라는 기록이 있다. 태어난 자의 신분은 어머니의 신분을 따른다는 뜻으로, 학계에서는 이를 '천자수모법賤者隨母法'이라 부른다.

그러다가 충렬왕 때 '부모 가운데 한쪽이 노비면 자녀도 노비가 된다.'라는 '일천즉천一賤則賤'을 시행해 노비 인구가 급증했다.

조선 건국 후 조정과 신진사대부들은 고려 말 노비 수의 급증에 따른 사회적 폐단을 개혁하려 했다. 즉, 노비를 줄이고 양인층을 확보하려 한 것이다.

태종 때에는 노비종부법을 시행해 태어난 자의 신분을 아버지의 신분으로 정했지만, 여러 폐단과 현실적 어려움이 겹치자 세종 때 결국 노비종모법으로 되돌아갔다.

실구지는 의도적으로 그런 제도를 알았던 것은 아니지만, 결과적으로는 이런 제도의 허점을 이용하려 한 셈이었다.

"자, 그러면 지금부터 내 말을 잘 들어. 지금 아씨는 아랫방에, 작은 아씨들은 윗방에서 자고 있어. 자네 둘은 작은 아씨하나씩 맡아. 나는 큰아씨 내은이를 맡을 테니까. 소리 지르지 못하게 해야 해. 각자 수건 준비했지?"

두 사람은 목에 두른 수건을 벗으며 고개를 끄덕였다.

"시간을 오래 끌면 안 돼. 어린 것들이니까 오래 걸리지 않을 거야. 먼저 해치우고 나온 사람은 밖에서 망을 보라구. 자아… 지난번에 내가 하라는 대로 하면 되는 거야. 알겠어?"

"예. 잘 알았소, 형님."

실구지가 일어나자 두 사람도 따라 일어나며 말했다.

"자, 가자구."

실구지가 농막을 나서자 두 사람은 곧 뒤를 따랐다. 내은이가 있는 집은 불빛 하나 없었지만, 중천 달빛에 아담한 모습이 드러나고 있었다.

앞장선 실구지가 조심스럽게 사립문을 열고 마당으로 들어섰다. 실구지가 두 사람을 보며 손가락을 입술에 갖다 대고 수건으로 얼굴을 반쯤 가렸다.

두 사람도 실구지가 하는 대로 들고 있던 수건으로 얼굴을 반쯤 가렸다. 환하게 비추는 달빛 아래였지만 얼핏 봐서는 누군지 알 수 없을 정도였다.

실구지가 지게문을 조심스럽게 열고 방 안으로 들어섰다. 돌쩌귀를 달아 여닫는 문으로, 안팎을 두꺼운 종이로 싸서 만든 문이라 아무리 조심스럽게 열어도 약간의 삐거덕거리는 소리는 피할 수 없었다.

건장한 사내 세 명이 방 안으로 들어서자 방이 꽉 차는 기분이었다. 그래도 피곤한 몸으로 곯아떨어진 내은이는 기척도 없었다.

"자네들은 윗방을 맡아."

실구지가 박질의 귓가에 낮게 속삭이듯 말하며 손가락으로 윗방을 가리켰다. 박질과 길동이는 고개를 끄덕이며 조심스레 윗방 문을 열었다.

윗방과 아랫방의 가운데를 가로지르는 미닫이를 열고 윗방으로 들어선 박질과 길동이는 내은이의 두 동생이 덮은 이불을 조심스럽게 걷어냈다. 그때까지도 어린 자매는 곤히 잠들어 있었다.

박질이 길동이에게 아랫목에 있는 동생을 가리키며 어깨를 쳤다. 자기가 하는 대로 빨리 따라 하라는 신호였다. 윗목에서 자는 동생의 윗저고리가 박질의 손에 벗겨지자 인기척에 놀란 그녀가 눈을 떴다. 동시에 동생도 눈을 떴다.

달빛을 받은 방안은 그래도 형체를 알아볼 수 있을 정도로 밝았다. 그녀들의 눈에 거인의 모습을 한 사내 두 사람이 들어왔다. 그녀들 눈에는 분명 사람이 아닌 귀신의 모습이었다.

"아… 악. 으… 음….."

동생의 입에서 단말마의 비명이 터져 나왔다. 놀란 박질이 사정없이 그녀의 뺨을 후려갈겼다. 박질이 여자아이의 귀에 속삭이듯 말했다. 어둠 속에서 들리던 비명은 더 이상 이어지지 않았다.

"너는 지금 뭐 하냐? 얼른 해치우지 않고?"

박질이 윗목의 여동생을 덮치며 길동이를 향해 신경질적으로 말했다. 잠시 멀뚱거리던 길동이는 정신을 차리고 구석에서 떨고 있는 어린 여동생을 낚아챘다.

그는 그녀의 입을 틀어막고 사납게 끌어 방바닥에 눕히고 위에 올라탔다. 방바닥에 깔린 어린 동생들은 발버둥을 쳤지만 중년 사내의 완력을 당해낼 수 없었다.

"가만있어. 더 시끄럽게 굴면 아랫방 언니가 죽어. 조용히 해."

박질이 나지막한 목소리로 언니를 죽이겠다고 협박하자, 동생들은 그대로 얼어붙었다. 영문도 모른 채 깨어난 두 동생은 발가벗긴 채 오들오들 떨었다.

윗방에서 소란이 계속되자, 피곤한 몸으로 곤히 잠들었던 내은이도 눈을 떴다. 윗방에서 들려오는 비명에 놀라 몸을 일으키려 했지만, 무언가 자기 몸을 누르고 있는 억센 힘이 느껴졌다.

달빛을 받은 방안은 사물의 윤곽을 분별할 수 있을 정도로 밝았다. 그제야 어둠 속에서 건장한 사내가 자기 몸 위에서 흰 이를 드러내며 웃고 있는 것을 발견한 내은이는 엄청난 공포를 느꼈다.

"누… 누구…?"

내은이의 말이 끝나기도 전에 억센 사내의 손길이 수건으로 그녀의 입을 틀어막았다. 그녀는 너무 놀라 고개를 좌우로 흔들며 저항했다. 달빛을 받아 환한 여닫이문을 배경으로 사내의 모습이 몸을 계속 내리누르고 있었다.

어둠 속에서 가쁜 숨을 몰아쉬며 달려드는 사내가 누구인지 알 수 없었다. 내은이는 손을 뻗어 사내를 밀쳐내려 했지만, 그의 힘을 당해낼 수 없었다.

내은이는 몸을 이리저리 틀어가며 저항하면서 윗방의 동생들에게 온 신경을 곤두세웠다. 잠은 이미 저만치 달아나고 없었다.

실구지는 사납게 내은이가 덮고 있던 이불을 걷어 젖히고 그녀의 배 위로 올라타 내은이의 저고리를 낚아채 힘을 줬다.

쫘아악 소리와 함께 저고리가 힘없이 찢어졌다. 지게문 사이로 들어온 희미한 달빛에 내은이의 속살이 드러났다.

사내가 힘으로 누르며 왼쪽 젖가슴을 움켜쥐자 엄청난 통증이 밀려왔다. 그녀는 비로소 자기 상반신을 가리고 있던 윗저고리가 벗겨진 것을 알았다.

그녀는 소스라치게 놀라 본능적으로 옷을 찾으려 방바닥으로 손을 뻗었다. 그러나 사내의 힘에 눌려 꿈쩍도 할 수 없었다. 사내가 손바닥에 힘을 주며 젖가슴을 주무르자 그녀는 아픔을 참지 못하고 신음을 냈다.

"아… 으… 음….."

내은이의 입에서 고통을 참는 소리가 계속 터져 나왔지만, 입을 틀어막고 있는 수건 때문에 밖으로 새어 나오지 못했다. 그녀는 계속 신음을 내고 몸을 이리저리 틀며 저항했다. 저항이 계속되자, 사내가 허리를 숙여 그녀의 귓가에 대고 나지막이 말했다.

"조용히 해. 소리치면 동생들이 죽어."

목소리는 낮았지만 아주 강력한 협박이었다. 그러나 듣는 순간 분명히 귀에 익은 목소리였다.

'실구지? 설마… 실구지가…'

생각이 여기에 미치자 내은이는 소름이 돋았다. 그러나 그 녀는 그럴 리가 없다고 생각했다. 감히 아랫것들 주제에 상전 을 범하는 죄가 어떤 것인지 모를 리가 없다고 생각했기 때문 이었다.

그렇다면 이들은 누구일까? 그녀로서는 도무지 알 길이 없 었다.

그녀가 공포에 질린 채 소리치려 하자, 사내가 수건으로 그 녀의 입을 다시 틀어막았다. 윗방에서는 어린 동생들이 고통 을 참지 못하고 내뱉는 신음이 계속 들려왔다.

그제야 내은이는 윗방에서 지금 어떤 일이 벌어지고 있는지 짐작이 갔다. 그녀는 온몸을 비틀며 소리를 지르려 했으나, 사 내의 억센 손길에 막힌 입으로는 숨조차 쉴 수 없었다. 동생들 을 건드리지 말라고 애원하고 싶어도 입이 틀어막혀 있어 소 리를 낼 수도 없었다.

내은이의 바짓가랑이 속으로 손을 집어넣고 힘을 주었다.

쫘아악 소리와 함께 아랫도리를 감싸고 있던 속옷이 벗겨졌다. 그러자 지게문 사이로 새어 들어오는 달빛에 발가벗은 내은이의 몸이 드러났다.

그녀는 깜짝 놀라 정신이 번쩍 들었다. 그녀는 있는 힘을 다해 저항했다.

사내가 몸에 걸치고 있던 바지를 내리고 알몸으로 덮쳐왔다. 사내의 완력을 도저히 당해낼 수는 없었지만, 내은이는 죽을힘을 다해 이리저리 몸을 틀며 저항했다.

입에 수건이 물린 채 처절하게 몸부림치는 내은이의 눈가에는 하염없이 눈물이 흘렀다.

잠시 후, 차례로 동생들의 비명이 방 안에 퍼졌다. 고통을 참지 못하고 토해내는 어린 동생들의 몸부림과 울음소리가 간간이 터져 나오기도 했지만, 비명은 오래가지 않았다. 고통에 몸부림치던 두 동생의 울음소리가 잦아들면서 두 사내의 거친 숨소리가 방안을 메웠다.

잠시 후, 욕정을 채우고 가쁜 숨을 몰아쉬며 옷을 추스르는 두 사내의 모습이 문 창살에 비쳤다.

이제 갓 열 살, 열세 살이 된 어린 여자아이들은 그렇게 속절없이 길고 긴 밤을 보냈다.

내은이는 동생들이 걱정돼 몸부림쳤다. 그러나 배 위에 올라탄 사내의 완력을 당해낼 수 없었다. 소리를 지르려 했으나 수건으로 막힌 입 때문에 숨을 쉬기도 힘들었다. 내은이는 절망감에 몸을 떨었다.

어린 동생들을 겁탈한 괴한들은 아랫방으로 들어왔다. 내은이를 누르며 힘을 쓰고 있는 사내를 보고 말했다.

"형님은 아직도 힘쓰고 있수? 에이…."

그때까지 내은이는 발가벗긴 채 알몸으로 몸을 틀며 끈질기게 저항하고 있었다. 발가벗긴 내은이의 필사의 저항으로 승강이가 이어지자, 사내는 정신이 번쩍 드는 듯했다. 그는 신경질적으로 말했다.

"알았어. 먼저 나가 망 보고 있어."

순간, 내은이는 기겁했다. 속삭이듯 작은 목소리였으나 분명 귀에 익은 목소리였다. 그녀는 설마 하는 생각이 들어 전율을 느끼며 몸을 비틀며 저항했다.

"아이… 형님. 뭐 하고 있어요? 빨리 해치우고 나오소. 이제 곧 동이 터요."

두 사내가 방문을 열고 나가자, 내은이 몸 위에서 그녀를 누르던 사내는 사정없이 내은이의 뺨을 두세 차례 쳤다.

젖먹던 힘까지 내어 완강히 저항하던 내은이는 사내가 뺨을 갈기자 그대로 사지를 늘어뜨리며 축 늘어졌다. 뺨을 워낙 세게 맞은 데다 사지를 움직일 수 없을 정도로 기진맥진한 내은이는 속절없이 당할 수밖에 없었다.

새벽녘이 다가오도록 내은이의 완강한 저항으로 야욕을 채우지 못하던 사내는 마침내 내은이를 겁탈하는 데 성공했다.

얼마의 시간이 흘렀을까? 일을 마친 사내가 몸을 일으켜 바지를 추슬렀다. 그는 달빛에 어렴풋이 드러난 내은이의 알몸을 쓱 훑어보며 만족한 듯 빙그레 웃으며 방문을 열었다.

내은이는 기진맥진하면서도 자기를 겁탈한 자가 누구인지 알아야 한다고 생각했다. 감고 있던 눈을 뜨고 지게문에 비친 실루엣을 바라보았다.

순간, 문에 비친 사내의 모습은 실구지였다. 아무리 봐도 틀림없었다.

실구지가 방문을 닫고 사라질 때까지 내은이는 너무 놀라 숨소리조차 낼 수 없었다. 그녀의 뺨에는 하염없이 눈물이 흘러내렸다.

밖에서 망을 보고 있던 박질과 길동이는 실구지가 나오자 다시 담장 밖을 두리번거리며 주변을 확인했다. 오가는 사람이 아무도 없다는 걸 확인한 세 사람은 누가 먼저랄 것도 없이 거처를 향해 냅다 뛰었다.

멍멍멍!

멀리서 개 짖는 소리가 적막을 깨고 들려왔다. 사방을 밝게 비추던 보름달도 어느새 서산에 겨우 걸려 있었다.

밤하늘을 수놓았던 은하수도 여명이 밝아오자 서서히 자취를 감추기 시작했다.

내은이 가족의 과주 첫날밤은 그렇게 상상조차 할 수 없는 아픔을 남기고 막을 내렸다.

밤새도록 사내의 완력에 맞서 저항했던 내은이는 실구지가 방을 나서고 마당을 가로질러 사라지자 긴장이 풀리면서 실신해 쓰러졌다.

그녀가 정신을 차린 건 한 시진 가까이 지나서였다. 겨우 정신을 차린 내은이는 방안을 둘러보았다. 방안은 그야말로 난장판이었다.

미닫이문이 열린 윗방에는 울다가 지친 어린 두 동생이 아랫목에 쪼그린 채로 잠이 들어 있었다. 3월의 아침 햇살이 눈부시게 방문을 뚫고 들어왔다.

내은이도 구석에 처박힌 이불 위에 아무렇게나 널브러진 옷을 찾아 발가벗겨진 몸을 겨우 가렸다. 일어나려 몸을 일으키다가 아랫도리에 심한 통증을 느낀 그녀는 도로 주저앉았다. 그녀는 옷도 제대로 챙겨 입지 못한 채 엉금엉금 기어서 윗방으로 올라갔다.

어린 두 동생은 이불 속에 쪼그리고 잠들어 있었다. 찢어진 저고리와 속옷에 묻은 핏자국이 밤새 일어났던 일을 고스란히 말해주고 있었다.

내은이는 어린 동생들 가운데 누워 그녀들을 안아주었다. 동생들도 언니의 기척에 잠이 깼다. 세 자매는 서로 부둥켜안 고 한없이 흐느껴 울었다.

내은이는 간밤에 악몽을 꾼 것 같았다. 생각하면 할수록 어 처구니없었다. 대명천지 밝은 세상에 어찌 이런 일이 일어날 수 있단 말인가! 그동안 가족처럼 대하고 믿고 의지하던 아랫 것들이 아닌가?

정신을 가다듬은 내은이는 이 일을 어찌해야 할지 골똘히 생각에 잠겼다. 뭘 어떻게 해야 좋을지 생각해봤지만 당장 뾰 족한 방법이 떠오르지 않았다.

'이대로 실구지의 여자가 되어야 하나?'

이건 도저히 용납할 수 없는 일이었다. 전 왕조인 고려시대 부터 대대로 고관대작 집안에서 양반가의 규수로 자라온 자기 가 아닌가?

'동생들은 어떻게 한단 말인가?'

이 문제도 역시 자기 처지로서는 해결할 수 없는 일이었다.

'그러면 대체 어찌하면 좋단 말인가?'

그녀는 하늘이 무너지는 것만 같았다. 아무리 생각해도 너무나 어이없고 비참한 생각뿐이었다.

문득 엄마가 보고 싶어졌다. 그녀는 두 동생을 꼭 껴안고 하염없이 울었다. 동생들도 언니를 잡고 울었다.

감시망

지게문 사이로 들어오는 아침 햇살에 만복이 눈을 떴다. 방문을 열어젖힌 만복이가 화들짝 놀랐다. 아침 해가 벌써 중천에 걸린 것이다.

'아이고. 이거 야단났네.'

그는 신발을 신는 둥 마는 둥 하며 마당으로 나오면서 우물을 찾았다. 생전 처음 마셔본 술이었다. 머리가 쪼개질 듯 아프고 속이 쓰렸다.

그는 바가지로 물을 마시고는 주위를 둘러봤다. 안채 쪽에는 아무 기척이 없었다.

'다들 일 나갔나…?'

그때 부엌에서 나오던 연지가 만복이를 발견했다. 연지가 주위를 두리번거리면서 달려왔다.

"무슨 잠을 그렇게 오래 자? 대체 얼마나 퍼마신 거야? 속은 괜찮아?"

"아… 좀… 괜찮아. 근데… 아씨와 아가씨들은…? 별채에는 올라가 봤어? 조반은 챙겨드린 거야? 오늘 전답을 한번 돌아보기로 하셨는데…."

연지가 미처 대답할 겨를도 없이 물었다. 연지는 입술에 손가락을 갖다 대고 주위를 두리번거리며 만복이의 소매를 잡아 광으로 끌었다.

"왜? 왜 그러는데? 뭔 일이 있어?"

광으로 들어온 만복이가 눈을 둥그렇게 뜨고 물었다. 사방에는 농사에 쓰는 각종 농기구가 어지럽게 널려 있었다.

연지가 삽자루를 옆으로 치우고 문틈으로 다가가 솔캥이 빠진 구멍으로 밖을 내다봤다. 사람이 없는 것을 확인한 연지가 목소리를 낮추며 속삭였다.

"여기 이 사람들 분위기가 좀 이상해."

"뭐가? 뭔… 분위기? 아… 뜸 들이지 말고 빨리 말해. 뭔 일이야? 아씨한테 뭔 일이 생긴 거야?"

"아니. 몰라. 나도 아씨한테 못 가봤어. 별채로 올라가려 했더니 못 가게 막았어. 나더러 앞으로는 가지 말래. 길동이와 간난이가 아씨 가족을 챙기기로 했대…."

"아니. 누가? 왜? 갑자기 무슨 소리야?"

만복이 눈이 휘둥그레졌다.

"암튼 몰라. 간난이가 날 붙잡고 엄포를 놓더라고. 실구지가 그렇게 하라고 시켰대. 나… 정말… 어이가 없어서…."

연지가 팔짱을 끼고 고개를 절레절레 흔들었다. 그녀는 다시 문틈으로 밖을 살폈다.

"실구지 형님이? 아… 아무리 그래도 이거 좀 이상하네. 아씨가 그렇게 하라고 하셨대? 그랬대? 응?"

"나도 자세한 건 몰라. 대체 무슨 속셈인지…. 근데 아씨가 설마 그러셨겠어? 아무 이유도 없이…. 하여간 뭔가 좀 이상해. 지금 여기 돌아가는 분위기가 우리 두 사람을 감시하는 것 같고…. 이사 오자마자 갑자기 우리를 대하는 태도가 확 달라졌어. 대체 이게 무슨 날벼락이야? 어젯밤까지만 해도 분위기가 좋았는데… 무슨 꿍꿍이지…?"

"내가 직접 물어봐야겠다. 아씨께 올라가 여쭤보면 아시겠지."

만복이가 광 문을 열고 밖으로 나가자 연지도 종종걸음으로 따라 나왔다. 만복이는 다시 우물가로 가서 바가지에 물을 떠 시원스럽게 들이켰다.

"그러고 보니 어젯밤에 잔치를 열 때부터 실구지가 하는 짓이 뭔가 좀 이상하다는 생각이 들긴 했어…."

연지가 만복이에게 바가지를 넘겨받으며 고개를 갸웃했다.

"듣고 보니 그러네…. 어쩐지 술을 계속 마시게 하더라고. 못 마신다고 한사코 거절하는데도 억지로 먹이고…."

"그건 그렇고 다들 어디 간 거야? 들에 일 나갔나?"

두 사람이 사립문을 열고 담장을 돌아 나오다가 마주 오는 실구지와 마주쳤다. 그는 괭이자루를 왼쪽 어깨에 메고 수건으로 얼굴을 닦으며 말했다.

"어이, 만복이. 일어났는가? 속은 괜찮은 기여? 그렇게 퍼마시더니만…."

그가 누런 이를 드러내며 웃었다.

"아… 예, 형님. 저어…."

만복이가 배를 만지며 미소를 지었다. 실구지는 눈을 가늘게 뜨고 두 사람의 아래위를 훑어내리며 물었다. 그의 얼굴에서 웃음기가 사라졌다.

"근데… 자네 두 사람, 지금 어디로 가는가?"

"아씨한테 올라가 봐야죠. 벌써 해가 중천에 떴는데…. 조반도 드려야 하고…."

연지가 앞으로 한 발 나서며 말했다.

"무슨 소리 하는 거여? 아… 갑분이가 말 안 했어? 이제부터 아씨들은 길동이네 내외가 담당한다고 말이여. 이제 너희들은 아래채 여기서 지내면 돼. 농사일 거들어야지. 지금 계절에 해야 할 일이 얼마나 많은데⋯."

"아니⋯ 형님. 갑자기 그게 무슨 소리요? 우리 보고 더 이상 아씨를 모시지 말라고요⋯?"

만복이와 연지가 놀라 눈을 휘둥그레 떴다.

"그래. 어젯밤에 내가 말했잖아. 기억 안 나? 자네들이 그동안 고생하면서 한양에서 잘 모셨으니 이제 과주에 온 이상, 우리가 잘 모실 거라고 했잖아."

실구지의 눈꼬리가 올라갔다. 그는 손으로 허공에 삿대질하며 신경질적으로 말했다.

"아니⋯. 갑자기⋯ 이게 무슨⋯ 아무리 그래도⋯."

연지가 어이없어하며 무슨 말을 하려 했으나, 갑작스럽게 일어난 일이라 어쩔 줄 몰라 허둥거렸다.

"아⋯ 됐어. 그만해. 이미 결정한 일이고⋯, 저 위에는 갑분이가 올라가 있어. 이미 아씨들에게 조반 다 드렸고⋯. 허니⋯ 두 사람은 여기서 그만하고 손 떼. 아씨 걱정은 안 해도 돼."

두 사람이 미처 무슨 말을 하려 했지만 실구지는 전혀 개의치 않았다. 그는 만복이 어깨를 잡으며 다시 마당으로 들어섰다. 만복이는 마지못해 끌려가듯 따라갔다.

실구지가 빨리 따라오라고 소리를 지르자, 연지도 고개를 푹 숙이고 어정쩡하게 뒤를 따랐다. 연지와 만복이는 자꾸만 아씨가 계신 집을 돌아봤다.

"아씨… 아씨, 조반 가지고 왔어요."

갑분이가 준비한 아침 밥상을 머리에 이고 마당으로 들어섰다. 그녀는 밥상을 조심스럽게 마루에 내려놓았다. 마루에 걸터앉아 가쁜 숨을 진정시키고 방안을 기웃거리면서 조심스레 아씨를 불렀다. 방 안에서는 아무 기척이 없었다.

"아씨, 아직도 주무세요?"

갑분이는 고개를 갸웃하며 내은이가 있는 방문을 조심스럽게 열었다. 순간 그녀는 놀라며 입을 막았다.

"헉…?"

방 안은 그야말로 난장판이었다. 윗방 문은 열려 있고 옷가지가 방바닥 여기저기에 어지럽게 널려 있었다.

인기척에 내은이가 눈을 떴다. 그녀는 초췌한 모습으로 방안에 들어선 사람을 발견하고는 놀라 본능적으로 저고리로 가슴을 가렸다. 갑분이가 놀라 소리쳤다.

"아씨! 무슨 일이세요? 괜찮으세요? 작은 아씨들도… 괜찮…"

내은이는 일어나 앉으며 그녀에게 나가라고 손짓했다. 그녀의 눈은 힘도 없고 초점도 흐려 보였다. 그녀는 얼른 방문을 닫고 나왔다.

밤새 무슨 일이 있었던 걸까? 그녀는 놀란 가슴을 진정시키며 이 일을 빨리 실구지에게 알려야겠다고 생각했다.

그녀가 마당을 가로질러 사립문을 열고 나서자 저만치에서 실구지가 올라오고 있었다.

"여기요, 여기….”

갑분이가 손을 흔들며 소리쳤다. 그녀를 발견한 실구지가 뛰어 올라왔다.

"뭔 일인데? 왜?"

"아씨가… 좀… 이상해요. 밤새 여기에 도둑이 들었는지… 무슨 일이 있었나 봐요.”

그녀가 숨을 헐떡이며 말했다. 실구지는 얼른 그녀의 입을 막았다.

"조용히 해. 무슨 일인데 그래? 아씨는 일어났어?"

실구지가 짐짓 모른 체하며 되물었다. 갑분이가 무슨 말을 하려 하자, 실구지가 손을 내밀며 막았다.

"알았어. 여기 일은 내가 알아서 할 거니까 그냥 내려가 있어. 여기 일은 누구한테도 말하지 마. 알았어? 누가 알기라도 하면 우리가 죽어. 다 죽는다고… 알았어?"

모두가 죽는다는 협박에 갑분이는 뒤로 물러서며 고개를 끄덕였다. 실구지는 그녀를 세워두고 입을 조심하라고 단단히 일렀다.

갑분이가 종종걸음으로 아래채로 내려가자, 실구지는 사립문을 열고 마당으로 들어섰다. 그는 묘한 미소를 지으며 내은이가 있는 방으로 향하며 큰 소리로 외쳤다.

"아씨, 일어나셨소? 해가 중천에 떴는데…."

그가 방문을 열자 내은이와 두 동생이 공포에 질린 모습으로 벽에 기대앉아 있었다.

내은이는 헝클어진 머리로 두 동생을 뒤로 앉혔다. 동생들은 울음을 참으며 언니 등에 바짝 붙었다.

"잠은 좀 주무셨나? 왜 그리 놀라시오?"

실구지가 나지막하게 말했다. 내은이는 그를 뚫어져라 바라보며 말했다.

"네 놈이 감히… 어찌 이럴 수가 있느냐? 상것 주제에 주인인 나를 어찌 감히…."

"허허… 뭐가 어쨌다고 이러시는 가요? 반상이 애시당초 무슨 씨가 따로 있는 것도 아니잖소. 안 그런가?"

"반상이 유별하고 국법이 지엄하거늘 네 놈이 감히… 이런 일을 벌이고도 성할 듯싶으냐? 내가 장차 네놈을 가만두지 않을 것이야."

내은이는 양반가 규수로서 체통을 잃지 않으려 애썼다. 비록 나이는 어렸지만, 어려서부터 반상의 법도를 익히고 아녀자로서의 도리를 배워온 터라 위기 상황에서도 침착할 수 있었다.

"내 알았소. 아씨와 작은 아씨들은 조반 먼저 드시고 정리 좀 하시오. 내 이따 저녁에 다시 오리다. 자세한 얘기는 그때 하기로 하고… 아, 참."

실구지가 등을 돌리며 말했다.

"앞으로 여기는 길동이와 갑분이가 시중을 맡기로 했으니 그리 아시오. 필요한 게 있으면 두 사람에게 말하면 되니 걱정하지 마시고요."

실구지가 잠시 방을 지켜보다가 사립문 밖으로 사라졌다.

"언니… 언니이… 흑흑…."

바깥에서 인기척이 사라지자 어린 두 동생이 앞으로 나오면서 내은이 품에 안겼다.

"울지 마. 이제 괜찮아. 언니가 지켜줄게."

내은이는 두 동생을 꼭 껴안으면서 볼을 비볐다.

"언니. 연지는 어디 갔어? 왜 안 보이는데? 응? 흑흑….."

동생이 울면서 연지를 찾자 그제야 내은이는 연지와 만복이가 생각났다. 이때까지 한 번도 자기 곁을 떠나 이렇게 오래 있어 본 적이 없었는데, 대체 지금 무슨 일이 일어나고 있는 건지 불안감이 들기 시작했다.

'그래. 어디 간 거지? 하루 종일 보이지 않고…? 대체 지금 무슨 일이 일어나고 있는 거야?'

그녀는 이러고 있을 때가 아니라고 생각했다. 정신을 차리고 뭔가 일을 빨리 수습해야 한다고 생각했다.

그녀는 두 동생에게 부엌으로 들어가 얼굴을 씻고 몸단장을 다시 하라고 일렀다.

그녀는 마당으로 나와 사립문을 열고 밖으로 나왔다. 봄바람이 얼굴을 스치자 헝클어진 머리카락이 얼굴을 가렸다.

그녀는 머리카락을 추스르며 주변을 돌아봤다. 춘분이 막 지난 때라 멀리 산자락과 들판에는 농사일로 분주하게 오가는 사람들의 모습이 군데군데 보였다.

아래채에서 내은이가 있는 거처의 동정을 살피고 있었던 듯, 내은이의 거처에 사람의 움직임이 보이자 두 사람이 급히 뛰어 올라오는 게 보였다.

그녀는 순간 만복이와 연지가 올라오는 것으로 생각하고 반

가운 마음에 손을 흔들었다. 그러나 곧 손을 내렸다. 올라오는 사람은 길동이와 갑분이었다.

길동이는 내은이를 안으로 들어가라고 졸랐다. 바람이 아직도 차니까 몸에 좋지 않다는 것이었지만, 그녀는 이 두 사람이 자기를 감시하는 거라는 생각이 들었다.

게다가 간밤에 두 동생을 범한 범인 가운데 한 명이 분명히 길동이일 거라는 의심이 들었기 때문이었다.

길동이는 내은이를 똑바로 바라보지 못하고 엉거주춤한 자세로 사립문 주변에서 서성거렸다. 그는 뭔가 켕기는 것이 있는 듯 안절부절못하는 모습이었다. 갑분이는 내은이에게 얼른 안으로 들어가라고 재촉했다.

내은이는 길동이에게 연지와 만복이를 찾으면서 좀 불러달라고 말했다. 길동이는 내은이에게 두 사람이 오늘부터 아래채에서 농사일을 돕기로 했다고 말했다. 그리고 앞으로 위채는 자기와 처 갑분이가 맡기로 했다면서, 필요한 것이 있으면 자기와 처에게 말씀하라고 했다.

내은이는 기가 막혀 말도 제대로 할 수 없었다. 모든 게 실구지가 계획한 게 틀림없었다. 그녀는 멀리 아래채 쪽을 힐끔힐끔 보면서 마당을 가로질러 다시 방으로 들어왔다.

방안에는 갑분이가 가지고 온 조반이 그대로 보자기에 덮인

채로 있었다.

내은이는 두 동생에게 보자기를 걷어내고 밥을 먹도록 했다. 그녀는 배가 고파 허겁지겁 밥을 먹는 동생들을 보면서 눈물을 삼켰다. 동생들은 언니에게 밥을 권했지만, 그녀는 밥 생각이 없었다. 물 한 모금을 마시면서 그녀는 또 울음을 삼켰다.

저녁이 되어 다시 갑분이가 밥을 가지고 올라왔다. 이번에는 고기 반찬에다 사골 국물도 있었다.

그녀는 사골 국물만 한 사발 허겁지겁 들이키고 자리에 누웠다. 동생들도 윗방에 자리를 펴고 눕혔다. 동생들은 아직도 온몸을 제대로 쓰지 못할 정도로 아파했다. 그녀는 동생들이 잠들 때까지 윗방에서 함께 누워 있었다.

아랫방으로 내려와 자리에 눕자 온몸이 욱신거렸다. 간밤에 세게 얻어맞은 탓인지 턱은 아직도 얼얼했다. 지게문으로 들어오는 달빛은 어제와 다름없었다.

그녀는 문득 부모님 생각이 났다. 두 분만 살아계셨더라면 이런 일은 일어나지 않았을 거라고 생각하니 더더욱 사무치게 그리워졌다.

그녀는 다시 일어나 방문을 걸어 잠그고 구멍에 숟가락을 끼워 단단하게 고정했다. 그리고 자리에 누워 곰곰이 생각에 잠겼다. 도대체 이 일을 어떻게 처리해야 좋을지, 또 어디에 하소연해야 좋을지 도무지 갈피를 잡을 수 없었다.

만복이와 연지도 곁에 없어 의지할 사람조차도 없으니 모든 게 불안했다. 더구나 지금은 자기가 감시를 받는 게 분명하다고 생각했다.

생각이 여기에 미치자 그녀는 어떻게 해서든지 두 사람을 만나야 한다고 생각했다. 그래야 도움을 받을 수 있을 수 있기 때문이었다.

그녀는 이런저런 생각에 뒤척이긴 했지만 계속 하품이 나오면서 몹시 졸렸다. 초저녁이었지만 간밤에 밤이 새도록 몸싸움하느라고 잠을 제대로 못 자서 그런지 그녀는 금방 잠이 들었다.

삼경이 가까워진 시각이 되었을까? 내은이는 누군가 문고리를 잡아당기는 소리에 눈을 떴다. 달빛을 등지고 지게문에 비친 건 건장한 사내의 모습이었다. 그녀는 숨이 막힐 정도로 공포에 휩싸였다.

"누구요? 누구⋯?"

그림자는 순간 멈칫하더니 다시 문고리를 잡아당겼다. 내은이는 숨이 막혔다. 소리를 지르고 싶어도 주위에는 아무도 없다는 걸 알았기 때문에 두려움은 더 컸다.

"혹시… 만복이? 만복이냐…?"

그녀는 구세주를 찾는 심정으로 제발 만복이었으면 하는 간절한 마음으로 만복이를 찾았다. 그러나 문 앞에 선 사내는 말이 없었다. 순간 덜커덩 소리와 함께 문고리에 끼워놓은 숟가락이 빠져나가면서 문이 열렸다.

방안으로 들어온 사내는 벽에 기대고 앉아 오들오들 떨고 있는 내은이를 낚아채 거칠게 잡아당기면서 방바닥에 눕혔다. 그는 방바닥에 내동댕이친 내은이에게 고개를 들이밀고 나지막하게 말했다.

"조용히 해. 소리치면 윗방에 어린 아씨들이 다쳐."

실구지였다. 익히 들어온 실구지의 목소리였다. 내은이는 혹시나 했던 생각이 확신으로 바뀌자 절망감에 몸부림을 쳤다.

"네 놈이… 어찌…. 네 놈이 감히… 으음…."

그녀의 목소리는 실구지가 우악스러운 손바닥으로 그녀의 입을 틀어막자 금세 잦아들었다. 그녀는 입이 막힌 채로 숨조차 제대로 쉴 수 없었다. 그녀는 계속 몸부림치다가 실구지의 한마디에 온몸이 굳어지고 말았다.

"더 시끄럽게 굴면 두 아씨를 먼저 죽여버릴 거야."

실구지가 신경질적으로 내뱉은 한마디에 그녀의 저항이 멈칫하자 그의 손이 거침없이 내은이의 몸을 더듬기 시작했다. 그녀는 몸부림을 쳤으나 건장한 사내의 완력을 당해낼 수가 없었다. 게다가 하루 종일 굶은 터라 저항할 힘이 거의 없었다는 표현이 더 적절했다.

마침내 그녀의 몸에서 옷이 모두 벗겨지고 속살이 드러났다.

"가만히만 있으면 동생들은 안 죽어. 또 앙탈을 부리면 다 죽여버리겠어."

실구지가 바지를 벗어 던지면서 말했다. 반항하면 동생들을 해치겠다는 그의 협박은 너무나 두려웠다. 그녀는 아무것도 할 수 없다는 사실에 절망하며 반항을 포기하고 눈을 감았다.

실구지가 가쁜 숨을 몰아쉬며 그녀를 덮쳐왔다. 그녀는 동생들을 떠올리며 눈물을 흘렸다.

그렇게 지옥 같은 시간이 흘렀다. 다행히 윗방에 자는 동생들은 기척도 없었다. 아마도 곤히 잠이 든 것 같았다.

욕심을 채운 실구지가 내은이 곁에 나란히 누웠다. 그는 손으로 그녀의 몸을 더듬으면서 웃었다. 내은이는 소름이 끼쳐 그의 손길을 피하려고 몸을 돌리려 움찔했으나 꼼짝도 할 수 없었다. 오히려 그가 억세게 끌어안는 바람에 포기하고 말았다. 몸은 천근만근이고 힘이 하나도 없었다.

"이봐. 내은이. 당신은 이제 내 여자가 된 거야. 앞으로 내 마누라가 될 거라고. 여기서 이렇게 그냥 살면 되는 거야. 내가 잘해줄게. 그러니 이제는 나만 믿으면 돼. 알겠어?"

이 무슨 해괴한 말인가? 자기가 실구지의 마누라가 된다고? 그녀는 그가 하는 말 한마디 한마디에 소름이 돋았다. 그녀는 도리질하며 몸서리를 쳤다.

잠시 후, 실구지가 옷을 챙겨 입고 앉았다. 그는 약간 뜸을 들이더니 나지막한 목소리로 말했다.

"그리고 이봐. 내 미리 일러두는데… 행여라도 도망갈 생각은 말어. 여기서 조용히만 있으면 돼. 아무도 안 다쳐. 만약 딴 생각 품었다가는 다 죽을 줄 알어. 생각 좀 하고 처신하는 게 좋아. 고분고분하게 말 듣는 게 좋을 거야. 먹을 것도 잘 먹어두고 말이야. 내일 또 보자구."

말을 마친 실구지가 방문을 열고 마당으로 조용히 사라졌다. 그가 사라진 것을 확인한 내은이는 옷을 추슬러 입고 벽에 기대어 앉았다.

생각할수록 정말 어이가 없었다. 어떻게 이런 일이 일어날 수 있단 말인가? 눈물이 뺨을 타고 하염없이 흘러내렸다.

그녀는 천근만근 무거운 몸을 움직여 윗방 미닫이를 조용히 열었다. 동생들은 여전히 깊은 잠에 빠져 있었다.

그녀는 어떻게 해서든지 동생들은 꼭 지켜야 한다고 생각하며 입술을 깨물었다.

다시 제자리로 돌아와 몹시 피곤한 몸으로 자리에 누웠다. 달빛이 방안을 비추고 있어서 사물을 분간할 수 있을 정도였다.

멀리서 개 짖는 소리가 들렸다. 부엉이도 울어댔다. 그녀는 이리저리 몸을 뒤척이다가 다시 깊은 잠에 빠져들었다.

수 싸움 – 미로迷路

"아씨. 조반 드세요. 조반 가지고 왔어요."

밖에서 외치는 소리에 내은이는 깜짝 놀라 눈을 떴다. 그녀는 정신을 차리고 방문을 열었다. 혹시나 연지인가 하는 생각이 들었다가 금방 실망하고 말았다.

마당에는 갑분이가 쟁반을 머리에 이고 서 있었다. 아침 햇살이 고운 아침이었다.

"알았네. 거기 두고 가게."

"예."

갑분이가 마루에 쟁반을 내려놓으면서 방안을 힐끔힐끔 살폈다. 그리고 고개를 몇 번 갸우뚱하더니 사립문을 열고 나갔다.

사립문 밖에서는 길동이가 안을 살피고 있었다. 두 사람은 뭔가 조곤조곤 이야기하더니 아래채 쪽으로 사라졌다.

사람들의 인기척에 두 동생도 잠이 깨면서 일어나 아랫목으로 내려와 내은이 곁에 앉았다.

내은이는 동생들에게 아침밥을 먹이고 자기도 미음을 몇 순가락 떴다. 허기가 몹시 밀려왔지만 밥을 먹고 싶은 생각은 들지 않았다.

내은이는 일어나 마당으로 나섰다. 햇살이 고운 아침에 꽃내음이 코끝을 스치고 지나갔다. 그녀는 부엌으로 들어가 씻고 옷매무새를 고쳤다. 뒤따라 나온 동생들도 차례로 씻겼다. 동생들은 계속 언니의 뒤를 따라다니며 그녀의 눈치를 살폈다.

순간 내은이는 담담해질 필요가 있다고 생각했다. 평소의 의연한 모습으로 돌아가야 한다고 생각했다. 지금 이 위기 상황을 벗어나려면 뭔가 해야 한다고 생각했다.

그녀는 동생들을 방으로 들어가 쉬게 하고 조용히 마당을 가로질러 사립문을 열고 밖으로 나왔다.

그때였다.

아래채 길목의 물레방앗간에서 건장한 사내가 뛰어나오더니 내은이가 있는 위채로 오는 게 보였다. 혹시나 하는 마음으로 유심히 살폈지만, 역시 길동이었다.

그녀는 실망감을 감추지 못하고 발길을 돌려 도로 마당으로 들어섰다.

그녀는 자기와 동생들이 지금 감시받고 있다는 사실을 깨달았다. 소름이 끼치는 일이었지만 짐작하던 일이 엄연한 현실로 마주하고 있는 것이었다.

그녀는 아무렇지도 않은 듯 방으로 들어왔다. 길동이가 사립문 밖에서 안쪽 동정을 살피는가 싶더니 곧 사라졌다.

내은이는 깊은 생각에 잠겼다.

'정말 이대로 실구지의 여자로 살아야 하나? 아무도 오지 않는 이 골짜기에서 이대로 어떻게 살라는 말인가? 동생들은 어떻게 하나?'

아무리 생각해도 기가 막힌 현실이었다. 그녀는 소름이 끼쳐 고개를 좌우로 세게 흔들었다. 이 상황을 외부에 알려 도움을 받아야 한다고 생각했다. 그러기 위해서는 만복이와 연지의 도움이 절실히 필요하다는 걸 깨달았다.

'만복이와 연지는 어디에 있을까? 두 사람은 지금 이곳에서 벌어지는 일을 알고 있을까? 그런데 그 두 사람도 틀림없이 자기와 마찬가지로 감시받고 있는 것 같다. 그렇지 않고서야 어떻게 얼굴조차 볼 수 없다는 말인가.'

내은이는 생각이 여기에 미치자 조바심이 났다. 동생들을 구하기 위해서라도 현명해질 필요가 있었다.

'그래. 먼저 만복이와 연지에게 이 사실을 알려야 해. 그래야 무슨 방도를 세울 수 있어. 그런데 어떻게 해야 두 사람을 만날 수 있을까?'

내은이는 오후 내내 해가 질 때까지 마당과 사립문을 오가며 골똘히 생각에 잠겼다.

그녀가 사립문을 열고 밖으로 얼굴을 내밀 때마다 물레방앗간에서 망을 보고 있던 길동이가 무슨 일인가 확인하려고 오르락내리락했다. 내은이는 지금 감시받고 있는 게 분명하다고 생각했다.

그렇게 해가 지고 어둠이 내렸다. 그녀는 동생들을 서둘러 재웠다. 밤새 일어날 몹쓸 일을 동생들에게는 보이고 싶지 않았다.

이윽고 이경이 지날 무렵, 인기척이 나더니 실구지가 방문을 열고 들어섰다.

"나… 왔네. 임자. 흐흐흐…."

그가 가까이 오자 술 냄새가 진동했다. 내은이는 정신을 차려야 한다고 생각했다. 그녀는 입술을 깨물었다.

"허어…. 이게 뭔 일이여? 삼경이 지났는데도 이부자리도 안 깔아놓고…? 잠은 자야지. 응? 우리 아씨 마님."

방안으로 들어온 실구지가 내은이 앞에 앉으며 다정스러운 척 말을 건넸다. 그러나 그의 말투에는 약간의 빈정거림도 느껴졌다.

내은이는 고개를 돌려 그를 외면했다. 이렇게 야심한 시각인데도 그녀는 이부자리도 깔지 않고 방 윗목에 펴놓은 방석에 다소곳이 앉아 있었다. 마치 실구지가 다시 찾아올 것을 알고 있었다는 듯했다.

내은이가 이미 자고 있으리라 생각했던 실구지는 다소 의외라는 듯 그녀를 뚫어지게 바라보았다. 그는 존댓말과 반말을 섞어가며 눈치를 살폈다.

"뭔 일이여…? 왜 그러시오, 아씨? 뭔가 불만이 있나 보네요…. 응?"

그가 앞으로 바짝 다가서며 그녀의 몸을 잡으려 들었다. 그가 다가오자 역겨운 술 냄새와 사내의 땀 냄새가 났다. 순간, 내은이가 매몰차게 실구지의 손을 쳐냈다.

"지금 뭐 하는 짓이냐? 야심한 밤에 아녀자의 방에 함부로 들어오고…. 네 놈이 어찌 감히…."

내은이가 몸을 뒤로 물리며 호통치자 다가서던 실구지가 움찔하며 동작을 멈추었다.

그녀는 머리맡에 둔 촛대를 당겨 초에 불을 붙였다. 미리 준비하고 있었던 듯 그녀의 행동은 자연스러웠다. 어두웠던 방 안에 사물의 윤곽이 드러났다.

실구지는 그녀가 초에 불을 붙이자 의외라고 생각했다. 사납게 앙탈을 부릴 것으로 생각했는데 그녀의 행동은 전혀 예상을 빗나가고 있었다.

그는 그녀의 행동을 제지하지 않았다. 그녀가 몸을 돌리자 촛불이 휘청거렸다.

"우리가 아무리… 어리기로 서니… 엄연히 양반가의 규수이고… 네 놈의 상전이니라. 네 놈이 지금… 하는 짓이… 얼마나 중죄重罪인지 알기나… 하느냐?"

그녀의 목소리가 떨리며 중간중간 말이 끊어졌다. 그녀는 윗방에서 잠든 동생들이 깰까 봐 겁이 났다. 목소리는 낮았으나 제법 준엄했다. 그러나 잔뜩 긴장한 나머지 온몸에 힘이 들어가는 바람에 사지가 마비될 것 같았다.

육중한 체구의 사내를 앞에 둔 지금 그녀는 무척 겁에 질려 있었다.

사실, 그녀는 오늘 밤 틀림없이 실구지가 다시 찾을 것으로 생각하고 있었다. 그래서 이런 상황이 온다면 하고 싶은 말을 쏟아내기로 작심하고 있었다.

어떤 이유를 대서라도 연지와 만복이를 만나야 했다. 이 상황을 벗어나도록 도와줄 사람은 연지와 만복이뿐이라고 생각했다. 그렇게 유도하려면 침착해질 필요가 있었다. 이왕 상황이 이리되었으니 도박을 걸 수밖에 없는 일이었다.

그녀는 자세를 고치고 앉아 정면으로 실구지를 바라보았다. 촛불에 비친 그의 얼굴을 보는 순간, 내은이는 한 차례 몸을 부르르 떨었다. 마치 한 마리 짐승이 먹이를 앞에 놓고 압박해 오는 것처럼 느껴졌다. 그녀는 마른침을 삼켰다.

"허… 참. 아씨. 내은이 아씨. 지금 이거 왜 이러시나? 아니… 지금 상황 파악이 안 되나 보네요."

내은이의 반응에 순간 당황한 실구지는 술기운이 확 가시는 기분이었다. 그러나 곧 정신을 가다듬고 게슴츠레 눈을 뜨고 그녀를 바라보았다.

어린 소녀의 자태를 보니 욕정이 다시 끓어올랐다. 그는 그녀를 보며 씨익 웃었다.

"이봐요. 아씨. 내 말 잘 들어요."

실구지가 주위를 쓱 훑어보고 말을 이었다. 내은이는 몹시 긴장되어 숨조차 크게 쉴 수 없었다. 손바닥과 등에 식은땀이 흘렀다.

그녀는 손을 쥐었다 폈다 하며 긴장하지 않으려고 노력했다.

"지금, 이 골짜기에 우리 외에는 아무도 없어요. 여기에서 무슨 일이 일어나도 사람들은 알 수 없어요. 사람이 죽어나가도 밖에서는 아무도 모른다고요. 우리가 말하지 않으면…. 예? 아씨. 무슨 뜻인지 몰라요?"

실구지는 소반에 담은 물그릇을 들고 단숨에 들이키고는 "캬아" 소리를 내며 입술을 닦았다. 내은이는 실구지를 똑바로 바라보지 못하고 모로 앉아 듣기만 했다. 그녀도 목이 말랐지만 참고 있었다.

실구지는 말을 이어갔다.

"아씨 가족이 이곳으로 이사 온 걸 아는 사람은 이곳 과주㾡州에는 없어요. 엊그제 만난 사람들도 그냥 봄이 되어 한양에서 주인이 농토를 둘러보러 왔다 가는 거겠지… 이렇게 생각한다고요. 예…?"

그는 잠시 뜸을 들이고 다시 말을 이었다.

"아…. 그리고 누가 눈여겨보기나 할까? 아씨 가족이 이 골짜기에 오가는 걸…? 우리가… 뭐… 아씨 가족이 한양에서 이 골짜기로 이사 온다고 소문이라도 냈을까 봐 그래요? 응? 우리가 그 정도는 준비했지. 그 정도는…. 흐흐흐…."

실구지가 말을 끊고 웃으면서 내은이의 어깨를 툭 쳤다. 잔뜩 긴장하고 있던 내은이가 몸을 뒤로 젖히며 움츠렸다.

그러고 보니 이사 오는 날 이곳에 도착한 시각은 해가 서산으로 기울어가는 저녁 무렵이었다. 동네에서는 굴뚝마다 연기가 올라오고 있었고, 일하는 사람들도 모두 집으로 돌아가는 시각이었다. 오가는 길에서 마주친 사람도 거의 없었던 게 떠올랐다.

그녀는 어쩌면 지금 실구지가 하는 말이 모두 틀린 게 없다는 생각이 들었다.

생각이 여기에 미치자 그녀는 온몸에 힘이 빠져나가면서 식은땀이 흘렀다. 그녀는 방석 모서리를 잡고 손을 비볐다.

"그러고 보니… 우리 자매를 이곳 과주로 이사 오도록 한 게… 모두 네놈들의 치밀한 간계奸計였구나. 모두가 다 네놈들이… 네놈들이 미리 꾸민 게로구나."

"그렇지. 이제 알았구먼그래. 그런데… 이봐요, 아씨. 간계라니? 그렇게 말하면 우리가 좀 억울하지. 그동안 우리가 이곳 과주에서 얼마나 고생하면서 살았는데…. 이런 정도의 보상은 진작 했었어야지. 안 그래? 아씨…. 응?"

내은이는 이제야 이들이 사전에 아주 철저하게 준비하고 있었던 일이었다는 것을 깨달았다.

이들이 가깝지도 않은 한양으로 오가며 그렇게 과주로 이사하자고 감언이설로 꼬드긴 이유가 여기에 있었다고 생각하자,

소름이 끼쳤다.

'그렇지. 모든 게 다 이놈들이 꾸민 거야. 꾸민 거라고…. 그런데 만약 그런 거라면 만복이와 연지도 이들과 한패인가? 한패…? 아니야. 아닐 거야. 암… 아니고말고. 우리가 어릴 적부터 얼마나 친하게 지내온 사이인데…. 비록 상전과 하인 사이지만 친형제나 다름없이 지내온 사이인데….'

내은이는 흐르는 눈물을 닦을 생각도 하지 않았다. 아무리 생각해도 도저히 받아들일 수 없는 현실이었다. 그녀는 자기도 모르게 도리질했다.

"그래. 이왕 이렇게 되었으니…. 앞으로 이렇게 하자구. 내가 하자는 대로만 하면 이제부터 아씨와 작은 아씨들은 걱정 안 해도 돼."

실구지는 눈물을 흘리는 내은이를 힐끗 쳐다보면서 말을 이어 나갔다. 그가 움직일 때마다 역겨운 술 냄새가 풍겼다.

그는 자기가 어릴 때부터 지금까지 이 판사 가족을 위해 얼마나 고생했는지 구구절절 설명하기 시작했다.

처음에는 별로 재산이 많지 않았던 이 판사의 재산이, 그동안 저들의 피땀 어린 노력으로 이제는 제법 규모가 크다고 할 수 있을 정도의 재산으로 일구어냈다는 것이 주된 내용이었다.

그는 시시때때로 한양 본가에서 호출하면 바로 올라가서 온 집안의 허드렛일을 마다하지 않았다는 것과, 이 판사 어른과 부인이 병중일 때도 정성으로 오르내리면서 온갖 보약과 약재를 구해 날랐다는 말도 빼놓지 않았다.

그는 과주에서 이 판사댁의 전답과 과수원을 관리하면서 그렇게 노력했지만, 저들에게 돌아오는 대가는 먹고사는 문제 해결이 고작이었다는 푸념도 곁들였다.

주변의 다른 외거노비들 가운데는 주인으로부터 노력과 수고의 대가로 전답도 물려받아 제법 재산을 일군 사람들도 많다는 이야기도 힘을 주며 말했다.

그런 평소의 소소한 불만들이 이 판사와 부인이 돌아가시고 어린 아씨 자매들만 남게 되자, 생각이 달라졌다는 것이다.

아씨도 이제 꽃다운 16세가 되었으니 곧 혼담이 오갈 게 아니냐는 것이었다. 어린 아씨들은 세상 물정을 모르는데 앞으로 이 판사댁의 재산을 일구고 지키려고 노력해봐야 아씨가 다른 양반과 결혼이라도 하는 날이면 저들의 평생 노력이 한꺼번에 물거품이 될 게 뻔하다는 결론이 섰다는 것이다.

그래서 동생과 처남 박질에게 이런 고충을 이야기하고 오랫동안 어떻게 하면 좋은지 많은 궁리를 해왔다고 했다.

그 결과 저들이 내린 결론은 이 판사댁의 재산도 지키고 저들의 신변도 보장받을 방법은 두 가지밖에 없다는 것이었다.

최우선 과제는 아씨를 한양으로부터 이곳 과주로 이주하게 만들어야 한다는 것이었다. 그래야 아씨의 먼 친척들로부터 예상되는 여러 가지 간섭을 벗어나게 할 수 있다는 것이었다.

그다음은 아씨를 설득하여 과주의 만만하고 가난한 양반을 골라 결혼을 주선하는 것이었다.

그런데 막상 아씨의 이사가 결정되고 나자, 자기 생각이 바뀌었다는 것이다. 굳이 아씨를 다른 사람과 혼인시킬 것이 아니라 아예 자기 처로 삼아버리면 어떨까 하는 것이었다.

당시 사회에서 외거노비 가운데 제법 큰 재산을 일군 자들은 가끔 가난한 양반가의 규수를 아내로 들이는 경우도 종종 있었다.

이곳 과주에서도 그는 자기가 아는 몇몇 외거노비 가운데 그렇게 가난한 양반가의 규수를 처로 들인 사례를 봐왔기 때문에, 그가 이런 생각을 품게 된 것은 실현할 수 있는 계획이라고 볼 수도 있는 일이었다.

그런데 막상 계획은 그렇게 섰지만, 그가 정말 아씨를 처로 삼으려면 넘어야 할 장벽이 하나둘이 아니라는 사실에 한숨이 나왔다. 그래서 오랜 궁리를 하다가 최후의 수단으로 택한 것이 아씨를 강제로 범하여 자기 것으로 만드는 방법이었다.

내은이만 모든 것을 포기하고 자기를 믿고 따라준다면, 자식을 낳고 살면서 과주의 이 판사댁 재산을 그대로 물려받아 지키고 일구어 나갈 수 있을 뿐 아니라, 돌아가신 이 판사와 부인의 삼년상도 치를 수 있게 된다는 것이 그의 논리였다.

실구지가 목이 말랐는지 다시 주전자의 물을 한 사발 따라 들이켰다. 시간은 어느덧 흘러 사경이 지난 것 같았다. 사립문 밖의 아름드리 느티나무 위에서는 가끔 부엉이가 울었다.

실구지의 쉴 새 없는 손짓과 몸짓에 따라 촛불은 이리저리 흔들렸다. 촛농은 계속 흘러내려 촛대 언저리에 쌓여갔다.

내은이는 실구지의 이야기를 들으면서 어린 자신의 처지로서 이해가 잘 안 되는 부분이 많았다. 그러면서 그녀는 그가 생각보다 훨씬 영악하고 교활하다는 생각이 들었다.

그녀는 그가 몹시 두려웠다.

"방금 내가 말했지만…."

실구지가 자세를 고쳐 앉으며 말했다.

"이 골짜기에 우리 아씨 자매가 들어와 사는지는 아무도 몰라. 당연히 알 수가 없지. 그러니 아씨는 그냥 여기서 살면 돼. 자네는 그냥 나하고 이 골짜기 전담 관리하면서 자식 낳고 살면 되는 거여. 별도로 무슨 예식을 치를 필요도 없어. 작은 아씨들은 좀 더 클 때까지 내가 잘 보살펴 줄 거야. 그러면 되지.

사는 게 별건가? 안 그래, 아씨? 응?"

실구지가 속내를 털어놓자 내은이는 큰 충격에 빠졌다. 무슨 말을 해야 할지 생각이 나지 않았다. 등골을 따라 식은땀이 줄줄 흘렀다.

손바닥에 땀이 고이자 그녀는 더 이상 가만히 앉아서 그의 말을 들을 수 없었다.

내은이가 안절부절못하는 모습을 보이자 실구지는 목소리를 낮췄다. 그는 계속 그녀의 눈치를 살폈다.

그녀는 아무것도 생각나지 않았다. 다만 이 상황을 벗어나는 게 급선무라 생각했다. 우선은 확인해야 할 게 있었다.

"그러면 연지와 만복이도… 이 사실을 알고 있겠구나. 그것들도 너희들과 함께 모의했겠구나. 어떻게 그럴 수가….."

"아니지. 아니야. 그 애들은 모르지. 혹시라도 우리 계획이 탄로 날까 봐 그 애들에게는 쉬쉬했지. 그 애들은 우리하고 처지가 다르니까….."

그녀는 순간 안도했다. 다행이었다. 정말 다행이라고 생각했다. 그러나 그런 티를 내서는 안 되는 일이었다. 그녀는 깊게 숨을 들이마셨다. 목소리는 여전히 심하게 떨렸다.

"나는… 네가… 지금… 하는 말을 내가 당최 알아들을 수가 없다. 어찌… 네가 감히 그런 말도 안 되는… 말을 할 수 있는

지 모르겠다. 오늘은 이만하고 내일 다시 오너라. 나도 생각을 좀 해야겠다."

"그게 아니라… 내 말은…. 아씨가…."

"알았다니까. 내가 지금… 몹시 어지러워… 쓰러질 것 같구나. 오늘은 그만… 하자니까…."

그녀가 말을 마치기도 전에 모로 쓰러지자, 실구지는 몹시 당황했다. 그는 얼른 이불을 깔고 쓰러진 그녀의 몸을 안아 이불 위로 눕혔다.

그녀는 축 늘어지는 상황에서도 그의 손을 뿌리치려고 했다. 그러나 온몸에 힘이 빠진 상태에서 그냥 마음뿐이었다. 눈물이 계속 뺨을 타고 흘러내렸다.

실구지가 일어나 방안에서 이리저리 움직이자 촛불이 심하게 흔들리다가 마침내 꺼졌다.

방안이 다시 어둠에 싸이긴 했지만, 달빛이 스며들어 사물의 윤곽은 파악할 수 있을 정도였다.

실구지는 쓰러진 내은이를 이리저리 살피다가 엉거주춤 자리에서 일어났다. 욕정 때문에 욕심을 낼 때가 아니라고 판단한 것이다.

"알았네. 내가 알았어. 오늘은… 그냥 갈게. 암… 그렇지. 생각할 시간이 있어야지. 내일 낮에 다시 오겠네. 그때 다시 얘기하세…. 잘 생각해 보라구."

그는 더 시간을 끌다가는 무슨 일이 일어날지도 모르겠다는 불안감이 스쳤다. 그는 얼른 방문을 열고 툇마루로 나섰다.

술기운은 이미 사라진 지 오래였다. 그는 조심스레 마당을 지나 사립문을 열고 밖으로 나와 주위를 두리번거렸다. 멀리서 개 짖는 소리가 들렸다.

그는 종종걸음으로 물레방앗간을 지나 집으로 돌아갔다.

수 싸움 – 고수高手와 하수下手

내은이가 눈을 뜬 건 해가 중천에 걸린 시간이었다.

그녀가 눈을 뜨자 두 동생이 자신을 바라보며 울먹이고 있었다. 깜짝 놀란 그녀가 몸을 일으키려고 했으나 힘이 없었다. 그녀는 일어나는 것을 포기하고 도로 누웠다. 동생들이 와락 그녀 품에 안기면서 울음을 터뜨렸다.

그녀는 누운 채로 얼굴을 돌려 방안을 훑어보았다. 실구지는 사라지고 없었다. 그녀는 비로소 안도했다. 설마 동생들이 눈치챈 건 아니겠지.

"너희들 밥은 먹었니? 응?"

두 동생은 고개를 끄덕이며 걱정스러운 표정으로 그녀에게 괜찮으냐고 물었다.

"괜찮아. 좀 피곤했을 뿐이야. 나 좀 일으켜 주렴."

두 동생은 그녀를 부축해 일으켰다. 그녀는 동생들을 꼭 안아주면서 머리를 번갈아 쓰다듬었다. 그녀는 쉬지 않고 동생들의 귀에 대고 괜찮다고 속삭였다.

큰 동생이 방안에 갖다 놓은 조반 그릇의 보자기를 걷어내고 내은이 앞으로 가져왔다. 고깃국에 하얀 쌀밥과 반찬 몇 가지가 있었다. 밥과 국은 아직도 약간의 온기가 남아 있었다.

"언니. 밥 먹어야지. 배고프잖아."

그녀는 무척 시장기를 느끼고 있었지만 밥을 먹는 것조차도 힘들 만큼 심신이 지쳐 있었다. 그녀는 동생이 집어주는 밥숟가락을 들고 흐느꼈다. 세 자매는 서로 부둥켜안고 하염없이 울었다.

동생들을 사립문 밖으로 내보내 봄 경치를 감상하라고 한 뒤, 그녀는 툇마루 모퉁이에 앉아 골똘하게 생각에 잠겼다.

간밤에 모든 것이 실구지 형제와 처남 박질의 치밀한 사전 계획에 의해 일어난 것임을 확인했다.

그들의 목적은 분명했다. 부모님이 남긴 재산을 차지하기 위해 자신과 동생들을 이용하려는 것이었다.

모든 가능한 방법을 모색하다가, 그중에서도 가장 간단한 방법이라고 판단한 것이 자기와 동생들을 겁간하여 자기들의 처로 만들어버림으로써 합법적으로 빼앗는 것이었다.

게다가 가까운 친척도 없는 마당에 과주로 이주까지 했으니 누가 찾아올 리 없다는 점도 잘 알고 있었다.

실구지의 말대로라면 내은이 가족이 누구의 도움 없이 이 골짜기에서 빠져나갈 방법은 없다고 봐야 했다.

그녀는 선불리 행동하다가는 이 골짜기에서 쥐도 새도 모르게 죽을 수도 있다는 생각이 들었다. 그의 말대로 지금 그녀의 자매들은 바깥세상과 완전히 차단된 상태인 셈이었다.

생각이 여기까지 미치자 너무 무서워 등골이 오싹해졌다. 그녀는 부엌으로 들어가 바가지로 물을 들이켰다. 갈증이 가시면서 배고픔이 밀려왔지만, 뭘 먹고 싶은 생각은 없었다. 그녀는 세숫대에 물을 담아 간단하게 얼굴을 닦고 다시 마당으로 나왔다.

사립문을 열고 느티나무 아래에 펴놓은 평상에 걸터앉았다. 멀리 물레방앗간 주변으로 들에서 사람들이 일하는 게 보였다.

동생들을 찾아 두리번거렸지만 보이지 않았다. 아마 골짜기를 따라 시냇물가에서 놀고 있겠지… 하는 생각이 들어 걱정하지 않기로 했다. 그러나 사실 걱정스러워도 자신이 할 수 있는 일이 없기도 했다.

바람에 흔들리는 느티나무 잎사귀를 올려다보며 그녀는 다시 깊은 생각에 잠겼다. 싱그러운 봄바람이 코끝을 스쳤다. 이제 몸은 더럽혀졌고, 이런 몸으로 어느 양반가의 총각과 혼인한다는 건 불가능하다는 생각이 들자 또 눈물이 흘렀다.

'이대로 실구지의 여자가 돼야 하나?'

그녀는 강하게 도리질했다.

'아니야. 아니야.'

아무리 생각해도 도저히 그럴 수는 없다고 생각했다. 그건 받아들일 수 없는 말도 안 되는 일이었다.

'그러면 어떡하지…? 이곳을 벗어나야 해. 무슨 수를 써서라도 이곳을 빠져나가야 해. 방법을 찾아야 해. 방법을…'

그녀는 두 손으로 얼굴을 감쌌다.

그런데 가만 생각해 보니, 그나마 다행인 것은 연지와 만복이가 아직은 이 사실을 모르고 있다는 걸 확인한 것이었다. 그렇다면 그 두 사람에게 희망이 있다는 생각이 들었다.

그녀는 우선 먼저 두 사람을 만나야 한다고 생각했다. 그래서 그들에게 자초지종을 알리고 도움을 받는 길밖에 없다고 판단했다.

그녀는 약간의 희망이 생겼다고 생각하니 가슴이 설레었다.

'그런데… 어떻게 두 사람을 만날 수 있을까…? 지금까지 사흘이 지나도록 두 사람이 보이지 않는 걸 보면, 아마 그들도

감시받고 있는 게 틀림없어. 그렇다면… 그렇다면 어떻게 해야…?'

그녀는 모질게 마음을 먹어야 한다고 생각했다. 이 수모를 갚으려면 일단은 고통을 감당해야 할 일이었다.

'그래. 그런 방법밖에 없어…. 할 수 없지. 내 반드시… 반드시 이 원수를 갚을 거야.'

그녀는 뭔가 굳게 작심한 듯 주먹을 불끈 쥐고 하늘을 쳐다보았다. 양털 구름 몇 조각이 하늘에 걸려 있었다.

그녀는 해가 서산에 걸칠 때까지 느티나무 밑 평상에 앉아 있었다. 동생들이 개울가에서 올라오는 것이 보이자, 그녀는 일어나 동생들을 향해 손을 흔들었다. 그제야 그녀는 몹시 시장기를 느꼈다.

동생들이 웃으면서 달려와 그녀에게 안기자, 그녀는 쪼그리고 앉아 두 동생을 꼭 껴안았다.

해가 지자 갑분이가 저녁밥을 이고 올라왔다. 툇마루에 밥상을 차려 놓으면서 갑분이는 계속 내은이의 눈치를 살폈다. 그녀는 아무런 내색도 하지 않고 갑분이에게 수고했다는 덕담을 하고 돌려보냈다.

갑분이는 뭐가 그리 궁금했는지 요즘 무슨 일이 있었느냐고 자꾸 물었다. 그러나 그녀가 대답은커녕 아무 일도 없었던 것처럼 동생들과 재미있게 조잘대며 먹는 것을 보고 인사를 하고는 사립문을 열고 종종걸음으로 사라졌다. 그녀는 내려가면서도 몇 번을 돌아보곤 했다.

그녀는 갑분이의 행동을 보면서 실구지 형제들의 계획이 세 사람만이 알고 있는 것임을 어렴풋이 짐작할 수 있었다. 그렇다면 어쩌면 좀 더 희망이 있다는 생각이 들었다.

사위가 어둑해지고 그녀는 두 동생을 씻기고 지난밤처럼 일찍 재웠다. 오늘 밤에도 틀림없이 실구지가 올 거라는 걸 알고 있었기 때문이었다.

낮에 개울가에서 나물을 캐며 즐거워하던 동생들은 피곤했던지 일찍 잠이 들었다.

삼경이 가까워지자 사립문을 열고 실구지가 마당으로 들어섰다. 다른 날보다 좀 일찍 찾아오기는 했지만, 그는 내은이 방에 불이 켜 있는 것을 보고 고개를 갸우뚱거렸다.

'설마… 나를 기다리고 있는 건가?'

잠시 머뭇거리던 실구지가 나지막한 목소리로 조심스럽게 말했다.

"아씨. 주무시는가요? 아씨…."

방안에서는 여전히 대답이 없었다. 잠시 침묵이 흐른 후, 실구지가 짐짓 헛기침하면서 툇마루에 올라섰다. 그는 조심스럽게 문고리를 잡고 힘을 주었다.

"응…?"

예상과는 달리 문은 잠겨 있지 않았다. 그는 이게 웬일인가 싶었다. 그사이에 설마 내은이의 마음이 풀렸을 리는 없을 텐데…. 그가 고개를 갸우뚱하며 문을 열고 방 안으로 들어섰다.

방안은 내은이가 촛불을 켜놓고 다소곳하게 앉아 있는 것 외에는 어젯밤과 달라진 게 없었다.

"그 사이에 아씨 생각이 정해진 모양일세. 허어… 다행이로구먼. 그래야지. 그래야 서로 좋은 거야. 잘 생각한 거지. 근데… 이불도 깔아놔야지. 서방이 왔는데. <u>흐흐흐</u>…."

실구지가 앉으면서 씩 웃었다. 방안에 계속되던 고요함이 흐트러지면서 촛불이 심하게 흔들렸다.

"조용히 하거라. 동생들이 자고 있다."

내은이의 목소리에는 힘이 있었다. 그녀는 손가락을 입에 갖다 대고 윗방을 기웃거렸다. 윗방에서 자는 동생들이 신경이 쓰였다.

실구지도 알았다는 표시로 손가락을 입에 갖다 대는 시늉을 했다.

"내 오늘은 자네에게 몇 가지 물어보고… 답을 받으려 하네."

"자네…? 지금 아씨가 나더러 자네라고 했는가?"

"왜 그러나? 그게 싫으면 다시 예전처럼 하대하겠다."

"아니… 아니. 아니지. 아니야. 고맙지. 그렇게 불러주니. 흐이구야…. 진작 그랬어야지. 근데… 근데 뭘 물어보려고? 물어보슈. 내 얼마든지 들어줄게."

실구지는 양손을 앞으로 내밀고 머리를 크게 흔들며 반색했다. 그는 흥분되고 신이 나서 쉴 새 없이 지껄였다.

그도 그럴 것이 상전이 하인더러 자네라고 부르는 예는 일찍이 없었기 때문이었다. 그건 이미 실구지 자신을 하인으로 여기지 않겠다는 의사를 나타내는 직접적인 표현이라고 느낀 것이다.

실구지는 순간 감동한 나머지 기분이 날아갈 것 같았다. 그러면 이제 내은이는 정말 자기 여자가 되겠다는 뜻으로 하는 말이 아닌가 싶었다.

그는 흥분된 마음을 가라앉히기 힘들었다. 촛불이 심하게 흔들리자 실구지는 잠시 동작을 멈추었다.

내은이는 그가 몹시 당황하는 모습을 보이며 들뜨자, 미리 생각하고 있던 것들을 머릿속으로 다시 한번 정리했다. 내은이가 뜸을 들이자 실구지가 재촉했다.

"뭔 얘긴지 빨리 말해 보소. 내가 다 들어줄 거니까. 응?"

"그러면 내가 몇 가지 조건을 말하겠다."

"조건? 무슨 조건인지 다 말해 보소. … 이제 우리 식구가 되는 건데… 까짓거 뭐 별거 있나? 얼른 말해 보소."

실구지가 눈을 크게 뜨고 상체를 앞으로 내밀었다. 내은이는 잠시 뜸을 들이면서 마른침을 삼켰다.

"내가 말하는 걸 자네가 다 들어주면… 그러면… 나도 자네가 하자는 걸 깊이 생각해 보겠네. 안 그러면…."

"아니… 아니. 말해 보라니까? 내… 어지간한 건 다 들어줄 거니까 말이야. 어서 말해 보소. 어서."

실구지가 두 손을 앞으로 내밀면서 손사래를 쳤다. 그는 분명 지금 예상치 못한 내은이의 반응에 잔뜩 고무되어 있었다.

내은이는 다시 한번 심호흡으로 마음을 가다듬고 실구지의 반응을 살피면서 천천히 말을 꺼냈다.

내은이는 먼저 이곳에서 지금처럼 살 수 없다고 전제한 다음, 두 가지를 요구했다.

하나는 예전 한양에 있을 때처럼 연지와 만복이를 이 집에서 같이 살 수 있도록 허락하라는 것이었다.

지금까지 그들과 한 식구나 다름없이 살아오면서 불편한 것이 없었는데, 지금은 숨도 쉴 수 없을 정도로 답답하다고 말했다. 그렇게 해 줘야 살 수 있지, 그렇지 않으면 도저히 여기서 살 수 없다고 잘라 말했다.

다른 하나는 자기를 포함하여 이 집에서 살고 있는 가족들을 감시하지 말고 편하게 해 달라는 요구였다. 일거수일투족을 감시당하면서 사람이 어떻게 편하게 살겠느냐고 반문했다.

이 두 가지를 보장해 주는 것을 약속한다면, 실구지가 요구하는 내용을 진지하게 생각해 보겠다고 제안했다.

이제 갓 16세가 지난 어린 소녀로서는 여간 당돌한 제안이 아니었다. 사실 그녀는 어린 시절부터 병든 부모의 병시중을 도맡아 오면서, 장차 자신이 홀로 어린 동생들을 데리고 살아갈 수도 있을 거라는 걱정을 늘 해왔다.

그녀는 부모님이 돌아가신 후, 자신에게 닥칠지도 모르는 여러 가지 고난을 혼자의 힘으로 헤쳐 나가야 한다고 생각하고 있었다. 가까운 친척도 없었으므로 오로지 몸종 연지와 마당쇠로 자란 만복이를 믿고 헤쳐 나가야 한다는 생각으로 고전을 찾아 읽으면서 각오를 단단히 다져 오고 있었다.

그런데 실제로 그 고난은 전혀 예상하지 못한 방향에서 일어났으므로, 그녀로서는 적절한 대응 방안을 마련하는 데에 시간이 걸린 것이다.

내은이가 말을 마치고 소반에 따라 놓은 물을 마셨다. 촛대의 초는 벌써 반쯤 타들어 가고 있었다.

실구지는 눈을 게슴츠레 뜨고 내은이가 하는 말을 듣고 있다가, 그녀가 말을 마치자 자세를 고쳐 바로 앉았다.

"알았네. 무슨 말인지 알았어. 두 가지라… 그 두 가지 요구를 들어주면 내 색시가 되어주겠다… 이건가?"

"아니다. 생각해 보겠다는 거지. 그 두 가지를… 들어준다면… 말이다."

내은이의 목소리가 떨렸다.

실구지는 대답하지 않고 그녀를 넌지시 바라보았다. 그는 그녀의 진짜 의도가 무엇인지 알 필요가 있었다. 사실 그녀의 태도가 이렇게 바뀔 것이라고는 전혀 예상하지 못했던 일이었다.

실구지가 대답하지 않자 잠시 침묵이 흘렀다. 그녀에게는 여삼추같이 느껴지는 시간이었다.

그녀는 마른침을 꿀꺽 삼켰다.

"길동이와 갑분이도 충분히 잘 보살펴 드릴 거야. 내가 잘 해드려야 한다고 말해 뒀으니까…. 감시하는 거야 뭐… 아씨들이 도망이라도 가면 곤란하니까 그러는 건데…. 사실… 그걸 가지고 뭐… 감시라고 하면 좀… 그렇고…."

"만약…."

내은이가 실구지의 말을 끊었다. 넋 놓고 자기 얘기만 하던 그의 눈이 휘둥그레졌다.

"응? 만약? 만약… 뭐… 어쩌겠다고…."

"만약 내 요구를 들어주지 않으면 나는 자진自盡할 거야. 여기서 자진하고 말 것이야."

그녀가 손가락으로 실구지를 가리키며 목소리는 낮았지만 앙칼지게 소리쳤다. 그가 놀라 상체를 뒤로 젖히며 물러났다.

"뭐… 뭐라고? 자… 자진… 자진한다고?"

"그렇다. 네 놈이 감히 나를 네 놈의 노리개로 삼으려는 것이구나? 내가 굳이 이 골짜기에 갇혀서 너희들에게 짐승처럼 대우받으며 살 이유가 없느니라. 내 마땅히 죽음으로써 이 능욕을 벗어날 것이야."

그녀의 목소리는 단호하고 서슬이 시퍼렇게 느껴졌다.

실구지는 상황이 갑자기 이상한 방향으로 흘러가자 잠시 멈칫했다. 그는 얼른 이 사태를 수습해야 한다고 생각했다. 그는 그녀의 치맛자락 끄트머리를 살짝 잡고 손사래를 쳤다.

"아니… 아니… 아니야. 아씨. 내가 다 들어줄게. 잠시 진정하라고. 잠시. 내 말 좀 들어보고 얘기하자고. 예?"

그는 당황한 나머지 말까지 더듬어 가며 몸을 이리저리 돌려 가며 자세 고치기를 반복했다.

그녀는 그의 모습을 지켜보면서 미동도 하지 않은 채 눈을 가늘게 뜨고 그를 노려보았다.

잠시 망설이던 그는 뭔가 결심한 듯 그녀가 요구하는 대로 연지와 만복이를 그녀 자매들과 함께 거주하는 데에 동의했다. 그리고 도망가지 않는다고 약조하면 그녀 가족을 감시하지 않겠다고 약속했다.

그러나 그녀의 요구를 수용하는 대신 자신의 요구도 받아 달라고 했다.

그가 요구하는 내용은 그녀가 예상하던 것과 별로 다르지 않았다. 어차피 자의든 타의든 서로 합방했으므로, 자기를 서방으로 믿고 받아 달라는 것이었다. 그러면 이 골짜기에서 단란하게 가족으로 살면서 돌아가신 이 판사와 부인의 삼년상과 제사를 이어가겠노라고 제안했다.

그녀는 그의 제안을 듣는 순간 온몸에 소름이 돋았다. 그러나 이 골짜기에서 실구지 형제들의 마수에서 벗어나려면 받아들이는 척하는 길밖에 없다고 생각하고 있었다. 그래서 그의 제안을 생각해 보는 척, 시간을 끌면서 그를 안심시켜야 한다고 생각했다.

실구지는 내은이가 자신의 요구를 거절하지 않고 순순히

생각해 보겠다고 하자 마음이 들떴다. 무척 흥분되는 일이 아니던가?

오랜 세월 동안, 이 판사댁 노비로 일하던 자신이 이제 이 판사댁의 사위가 될 수 있다고 생각하자 뛸 듯이 기뻤다.

마침내 내은이는 실구지에게 연지와 만복이가 위채로 올라와 예전처럼 시중을 받으며 함께 살 수 있도록 해주겠다는 약조를 받아내는 데 성공했다. 그것도 내일부터 당장 해주기로 한 것이다. 그녀로서는 일단 첫 단추를 끼우는 데 성공한 셈이었다.

한바탕 입씨름하며 펼치던 신경전이 금방 마무리되자 잠시 침묵이 흘렀다. 계속 그녀의 눈치를 살피던 실구지가 슬그머니 촛불을 껐다. 방안이 다시 어둠에 잠기고 달빛에 겨우 사물을 분간할 수 있었다.

부엉이 우는 소리가 정적을 깼다. 어둠 속에서 실구지가 겉저고리를 벗어 던지고 덮쳐오자 그녀는 눈을 질끈 감았다.

그녀는 순순히 그를 받아들였다. 만약 약간이라도 반항해서 그의 기분을 거스르기라도 하면, 방금 겨우 받아낸 약조가 모두 수포로 돌아갈 수도 있다는 생각이 들었기 때문이었다.

그녀는 그가 원하는 대로 몸을 맡겼다. 그는 오랜 시간 거친 숨을 몰아쉬며 집요하게 그녀를 파고들었다. 그녀의 얼굴에서는 눈물이 계속 흘러 베개를 적셨다.

사경을 훨씬 넘겨 새벽녘이 되어서야 그는 그녀에게서 떨어졌다. 그녀는 그가 곁에서 잠이라도 들까 봐 그를 밀어냈다.

실구지는 방을 나서면서도 그녀의 귀에 대고 약속을 잘 지키라고 말했다. 그녀도 그에게 약조한 것을 지키겠다는 다짐을 받아내는 걸 잊지 않았다.

방문을 닫고 그의 발걸음 소리가 점점 멀어지자, 그녀는 온몸에 힘이 빠져나가는 걸 느꼈다. 그녀는 모로 누워 흐느끼다가 잠이 들었다.

멀리서 새벽을 알리는 닭 울음소리가 들려왔다.

포석과 행마

아침이 되자, 만복이와 연지가 위채로 올라왔다. 두 사람은 '아씨, 아씨.' 하고 소리치며 마당으로 들어섰다. 작은 아씨 두 사람은 방문을 열고 마당으로 뛰어나가 연지에게 안겼다.

만복이는 엉거주춤하게 서서 세 사람을 바라보다가 조심스럽게 내은이가 있는 방 앞으로 다가가 나지막하게 불렀다.

"아씨. 내은이 아씨. 저 왔습니다요. 저… 만복이 하고 연지가 왔습니다요. 아씨…."

그의 말이 채 끝나기도 전에 방문이 열리면서 내은이가 얼굴을 내밀었다.

내은이의 모습을 본 연지가 놀라 손으로 입을 가렸다. 평소 익히 봐오던 모습이 아니었기 때문이었다.

"아씨… 죄송해요. 아직 기침起寢하지 않으셨네요."

"아니다. 요즘… 내가 좀 피곤하고… 몸이 좋지 않아서 그렇구나. 조금만 기다려라. 내 정리하고 나가마."

잠시 후, 내은이가 툇마루로 나오자 연지와 동생들이 달려와 그녀를 끌어안고 울음바다가 되었다. 서로 어떻게 된 거냐면서 그동안의 안부를 묻고 이리저리 살펴보면서 또 흐느꼈다.

만복이는 뻘쭘하게 서 있다가 사립문으로 가서 아래채 쪽을 바라보며 동정을 살폈다. 혹시 누가 오는지 이리저리 살폈으나 아래채 쪽에서는 어떤 움직임도 없었다.

연지가 어린 아씨들을 챙기느라 분주하게 움직이자, 내은이는 정신이 번쩍 들었다. 이러고 있을 시간이 없다고 생각한 것이다.

그녀는 두 동생에게 사립문을 나가 느티나무 아래에서 놀게 하고 연지와 만복이를 불렀다.

그녀는 두 사람에게 지난 나흘 동안 아래채에서 무슨 일이 일어나고 있었는지 자세히 물었다.

이사 오던 날 밤에 실구지 형제와 처남 박질 가족이 미리 준비하고 있었던 잔치 분위기부터 오늘까지 여러 가지 수상했던 행동들에 대해 두 사람은 서로 자신이 보고 들은 내용을 빠짐없이 이야기했다.

특히 실구지가 자신들을 아씨 자매로부터 떼어놓으면서

본격적으로 감시하고 있는 것과, 이 골짜기로 올라오는 마을 사람들까지 극도로 경계하고 있는 것 등도 이상했다고 털어 놓았다.

두 사람이 말하는 동안 내은이는 연지가 뭔가 말할 듯하다가 머뭇거리고 있다는 것을 느꼈다. 뭔가 하고 싶은 말이 있어 보이는 표정인데, 막상 말하기 어려워하는 눈치였다.

내은이가 주위를 이리저리 두리번거렸다. 만복이가 얼른 마당을 가로질러 사립문으로 나가 밖을 살폈다. 아래채 쪽에서는 일하는 사람이 보이긴 해도 가까이에는 인적이 없었다.

느티나무 밑에서는 작은 아씨들이 공기놀이하며 재미있는 듯 깔깔대고 있었다.

만복이가 잠시 자리를 비우자, 내은이가 연지에게 무슨 말인지 어서 말하라고 채근했다.

"예… 아씨. 그런데… 그게… 좀….."

"괜찮아. 여기 아무도 없잖아. 무슨 말인데 그래?"

"아… 예. 그게… 갑분이가 부엌에서 얘기하는 걸 들었는데요…. 그게… 너무 황당한 말이라서….."

그녀가 다시 괜찮다면서 채근하자, 연지가 머뭇거리며 만복이가 서 있는 사립문 쪽을 보다가 그녀의 귀에 대고 속삭였다.

"아… 글쎄… 실구지가 아씨에게 장가들… 거라고 했대요.

자기가 뭐… 판사댁 사위가 되기로 했다면서…. 글쎄… 하도 말 같지 않아서….”

연지는 혹시나 쓸데없는 말이라도 한 것은 아닌가 싶어, 내 은이를 힐끗힐끗 쳐다보면서 계속 그녀의 반응을 살폈다.

“그래서…? 계속해 보거라.”

연지는 그녀가 뜻밖에 담담한 반응을 보이자, 이상한 느낌이 들어 그녀를 정면으로 보며 살폈다. 그녀의 얼굴에는 변화가 없었다.

연지가 주위를 한번 둘러보더니 말을 이었다.

“실구지의 처 복실이가 이 얘기를 듣고 길길이 뛰며 난리가 났대요. 두 사람이 대판 싸웠나 봐요. 복실이가 실구지한테 얻어맞았는지 바깥 출입을 못할 정도로 얼굴이 못 쓰게 됐나 보더라고요. 근데 아씨. 이 말이… 대체 무슨 말인지….”

“알았다. 무슨 말인지. 내가 알아서 할 것이야.”

“그리고 실구지가 만복이와 쉰네를 불러 앞으로 아씨 자매는 저들이 모시기로 했다고 하면서… 위채로 올라가지 말라고… 올라가면 가만 안 둔다고…. 그래서… 그래서 못 올라왔지 뭐예요.”

연지가 훌쩍거리면서 소매로 눈물을 훔쳤다. 그녀는 연지의 어깨를 다독거렸다.

"그런데 오늘 아침에 느닷없이 우리를 불러 앞으로 예전처럼 위채로 올라가서 아씨 자매를 잘 모시라고 하지 뭐예요. 거기에다 아예 위에서 같이 살면서 모시라고… 흑흑흑… 그래서 이렇게 올라왔구면요. 아씨… 미안해요. 아씨. 흑흑흑….”

연지는 그녀의 품에 안겨 울음을 터뜨렸다.

그녀는 연지를 감싸 안으면서 어금니를 깨물었다. 어느 정도 짐작한 일이었지만 이제는 실구지 형제들이 사전에 치밀하게 계획한 일이라는 게 분명해졌다.

내은이는 만복이를 불러 두 사람과 함께 툇마루 모퉁이에 걸터앉았다. 거기에서는 멀리 아래채에 사람의 움직임을 볼 수 있었다.

세 사람은 서로 이야기를 나누면서 계속 주변을 두리번거리며 경계를 늦추지 않았다.

"지금부터 내가 하는 말을 잘 들거라.”

내은이는 잠시 주위를 돌아보다가 비장한 어조로 말을 시작했다.

만복이와 연지는 그녀의 태도가 심상치 않아 보이자 바짝 긴장하여 귀를 쫑긋 세웠다.

그녀는 먼저 연지가 들은 내용이 사실인 것 같다고 말했다.

실구지 형제가 꾸미고 있는 일이 바로 이 판사댁 재산을 노리고 하는 짓이라고 말했다. 그래서 자신을 자기 처로 삼기 위해서 흉계를 꾸미고 있나고 말했다.

그러나 차마 실구지에게 이미 여러 차례 겁간을 당했다는 말은 할 수 없었다.

그녀는 이 골짜기에서 탈출해 관가에 이 사실을 알려야 하는데, 두 사람 도움이 절실하다고 말했다. 그런데 시간을 끌수록 상황이 불리해질 것이니 되도록 빨리 실행해야 한다고 말했다.

두 사람은 고개를 끄덕이며 내은이의 말에 맞장구를 쳤다.

"어떻게 하면 될까요? 아씨…."

연지가 두 손을 가슴에 모으고 안절부절못했다. 만복이는 사립문에 다가가 아래채 쪽을 유심히 살피다가 돌아왔다.

그녀가 두 사람을 향해 고개를 기울이자 모두 귀를 쫑긋 세우고 다가섰다.

"연지는 우선 패물을 다시 챙기거라. 내가 정신이 없어서 아직 패물 상자를 챙겨보지 못했구나. 요긴하게 쓸 데가 있을 것이야. 그리고 사람이 많고 분주할 때 움직여야 하니… 만복이는 닷새마다 열리는 괴주 장날이 언제인지 빨리 알아보거라. 혹시라도 왜 묻느냐고 하거든, 급히 이사 오느라 부족한 게 있어서 아씨가 장에 가서 사야 할 물건이 좀 있다고 하시더라고 말을 흘리거라."

두 사람은 열심히 그녀가 하는 말을 새겨들었다.

그녀는 주위를 한번 돌아보고 심호흡한 후, 다시 말을 이었다.

"이제 곧 초승달로 바뀐다. 달이 없는 밤이니 움직이기 좋을 거야. 우리가 움직이는 날은 바로 장날 새벽이다. 조용히 이 골짜기를 빠져나가면 즉시 사람이 많은 곳으로 들어서야 한다. 그리고 관가로 바로 달려가야 한다. 만복이는 과주 관가가 어딘지 빨리 알아놓고…."

"염려 놓으세요. 아씨."

만복이가 씩씩하게 대답했다.

"그런데 문제가 하나 있다."

그녀가 문제가 있다고 말하자, 두 사람은 표정이 굳어졌다.

"다른 게 아니고…."

그녀가 잠시 뜸을 들이며 두 사람을 바라보더니 말을 이었다. 그녀의 목소리는 더욱 낮아졌다.

두 사람은 상체를 그녀 앞쪽으로 기울였다.

"우리가 모두 함께 같이 움직이면 금방 탄로가 나고 말 것이야. 그러니 누군가는 남아서 우리가 되도록 멀리 도망갈 수 있도록 시간을 최대한 끌어주어야 한다."

"어떻게요…? 그러면 어떻게 하면 돼요?"

연지가 답답하다는 듯 재촉했다.

그녀는 다시 사립문 쪽을 힐끗 살피고 연지를 바라보더니 한숨을 쉬었다.

"아무래도… 연지야. 네가 수고를 좀 해줘야겠다."

"걱정하지 마시고 뭐든 말씀하세요. 아씨."

"고맙구나. 연지야. 이렇게 하자."

그녀는 연지의 손을 잡았다.

"내가 먼저 만복이의 도움을 받아 탈출할 거야. 그러나 얼마 안 가 들통이 나거나 의심을 받을 거야. 이때 네 도움이 필요하다. 네가 동생들과 여기 남아서 시간을 끌어줘야 한다. 연지. 네가 잘해 줘야 성공할 수 있다."

"어떻게 해야 할까요…?"

연지가 걱정스러운 듯 말했다. 내은이는 연지의 손을 잡고 힘을 주었다.

"떠나는 날 새벽에 동생들이 자는 동안에 내가 만복이와 함께 조용히 빠져나갈 거야. 연지 너는 동생들과 함께 아침까지 모른 체하고 그냥 자면 돼. 아침에 누가 와서 깨우고 소동을 피우더라도 모른다고 잡아떼야 해. 그들이 자꾸 다그치면 '오늘

이 장날이 아닌가요?' 하고 되묻는 거야. 맞는다고 하면 그때 가서 '아하… 아씨가 장날 아침에 일찍 물건을 사러 간다고 그랬는데… 아마 거기에 갔을 거예요.'라고 둘러대는 거야."

"만복이는 어디 갔냐고 물으면요?"

"그거야 당연히 아씨 모시고 장에 갔겠죠… 하고 능청을 떨어야 해. 동생들도 내가 장에 간 것으로 알고 있어야 해. 연지. 네가 동생들에게 그렇게 말해 둬. 언니가 장날 장에 가서 예쁜 노리개 사다 줄 거라고 말이야. 이건 절대 실수하면 안 돼. 알았니?"

연지는 약간 두려워하는 표정이었지만, 내은이는 계속 그녀에게 잘할 수 있을 거라고 다독였다.

그리고 만복이에게 몇 가지를 지시했다.

우선 장날이 언제인지 알아볼 것과 과주 관청의 위치, 그리고 위채에서 물레방앗간과 아래채를 거치지 않고 시장통으로 이르는 지름길이 있는지 등을 자세하게 알아볼 것을 주문했다.

또, 아침저녁으로 먹을 것을 챙긴다는 핑계로 아래채를 오가며 저들의 움직임을 지켜보고 무슨 낌새라도 있으면 즉시 알리라고 일렀다.

"나는 장날을 이틀 남기고 몸이 아프다고 드러누울 거야. 두 사람은 아무도 내 방안으로 사람이 못 들어오게 하거라. 만복이는 아래채에 내려가서 육포가 있는지 살펴보고 조금 챙겨 놓거라. 달아나면서 배가 고프면 밥 먹을 장소도 시간도 없다. 모두 실수 없도록 해야 한다.”

내은이는 말을 마치고 만복이에게 먼저 아래채로 내려가 사람들을 안심시키고 장날이 언제인지 빨리 알아오라고 시켰다. 그리고 지금부터는 말을 아끼고 진중하게 행동하라고 단단히 일렀다. 특히 아무것도 모르는 동생들에게는 일체 비밀에 부치도록 했다.

만복이가 아래채로 내려가자 그녀는 연지를 데리고 방으로 들어가 패물 상자를 찾기 시작했다.

내은이가 세운 탈출 계획은 열여섯 어린 소녀의 머리에서 나온 거라고 믿을 수 없을 정도로 예리하고 정교했다.

오후 늦게 올라온 만복이는 이틀 후가 과주 장날이라고 말했다. 그리고 보니 시간이 별로 없다. 그녀는 마음이 급해졌다.

그녀는 두 사람을 다시 불렀다.

“해가 지면 실구지가 올라올 거야. 그러면 실구지에게 아씨가 하실 말씀이 있다고 하시면서 이미 기다리고 있다고 안심시키고 내 방으로 들이거라. 그리고 너희들은 실구지가 나올 때까지 사립문 밖에서 누가 오는지 살펴보거라.”

"괜찮을까요? 아씨?"

연지가 겁도 나고 걱정이 되어 물었다.

"괜찮다. 내 오늘 그에게 긴히 할 이야기가 있다. 만약 방에서 무슨 큰소리가 나더라도 모른 척하고 가까이 오면 안 된다. 걱정 안 해도 된다. 모든 건 내가 다 알아서 처리할 것이야."

연지와 만복이는 고개를 끄덕였다. 걱정이 되기는 했지만, 그녀의 태도가 워낙 씩씩해서 믿을 수밖에 없는 일이었다.

그녀는 연지에게 저녁 식사를 일찍 준비하라고 이르고, 만복이는 실구지가 올 때쯤 해서 부엌에서 탕약을 끓이라고 말했다. 그가 물으면 아씨가 몸이 아파 약을 달이는 중이라 하라고 일렀다.

해가 지고 사방이 어둑해지자, 실구지가 사립문을 열고 마당으로 들어섰다. 그는 약 냄새를 맡고 코를 킁킁거리면서 냄새를 따라 부엌으로 들어섰다.

만복이가 탕약을 끓이다가 실구지를 보고 일어나 인사했다.

"형님. 오셨어요?"

"그래. 응? 지금 뭐 하는 거야?"

"아… 예. 아씨가 아프다고 몸져누우셨어요."

"응? 어디가 아프시대? 어디… 방에 계시나?"

실구지가 부엌을 나서면서 내은이 방으로 향했다.

만복이는 얼른 실구지를 따라가며 말했다.

"지금 방에 누워 계세요. 아무래도 과로하셨나 봅니다."

내은이 방 앞에 이르자 만복이가 방을 향해 나지막하게 말했다.

"아씨. 실구지 형님 오셨습니다요."

내은이 방의 문이 열리더니 연지가 나왔다. 그녀는 실구지를 안으로 들라는 시늉을 했다.

실구지는 거드름을 피우며 방 안으로 들어섰다. 내은이는 머리에 수건을 싸매고 있었다.

"아씨. 어디가 아프시오? 어제까지 멀쩡하시더니…."

내은이가 몸을 일으키며 만복이와 연지를 향해 물러가라고 손짓했다. 연지가 방문을 조심스럽게 닫고 마당으로 물러났다.

방안에는 잠시 침묵이 흘렀다. 그녀가 이불을 걷어내고 자세를 고치자 촛불이 휘청거렸다. 실구지가 얼른 촛대를 감쌌다.

"잘 듣게."

내은이의 나지막한 목소리가 침묵을 깼다. 그녀는 이런 상황을 짐작하고 미리 준비하고 있던 말을 거침없이 꺼냈다.

이제 시간은 이틀뿐이다. 모험을 할 수밖에 없는 일이었다.

"자네가 하고 싶은 대로 하려면 한 가지 지켜주어야 할 일이 있네."

"뭔데 그러시나…? 조건은 다 들어주었는데… 또 있다고…?"

실구지가 짜증스럽게 대답했다.

그녀는 실구지의 반응을 무시하고 말을 이었다. 목소리는 낮았지만 양반가 상전으로서의 위엄은 느껴졌다. 실구지는 잠시 긴장하는 눈치였다.

"지금 연지와 만복이 그리고 내 동생들은 아무것도 모르고 있네. 자네가 양반인 나를 처로 삼으려면 그럴싸한 명분을 들어서 그들에게 사실을 말하고 이해시킬 시간이 필요하지 않겠는가?"

그녀의 일리 있는 말에 실구지는 얼른 대답하지 못했다.

"솔직히 두 사람을 설득하지 못하면 나로서도 어려운 일이지. 양반가의 체면이 있지 않은가?"

실구지는 당황한 표정이 역력했다. 촛불에 비친 그의 얼굴에 고민스러운 표정이 스쳐 갔다.

내은이는 그 순간을 놓치지 않았다.

"거기다가 자네는 이미 처자식이 있는 몸이 아닌가? 지금 내가 자네를 서방으로 맞는다면 주인 양반인 내가 내 집의 종에게 첩실로 들어간다는 뜻이 아닌가? 이게 만약 바깥에 알려지기라도 한다면 나부터 먼저 자진하고 말 걸세. 그렇게 되면이마 자네노 결코 온전하지는 못할 것이야. 나라 법이 지엄하니…."

그녀의 말은 너무나 조리가 있어서 그로서는 한마디도 반박할 수 없었다. 그녀는 지금 실구지가 해결할 수 없는 약점을 파고든 것이다.

내은이의 입에서 또 자진한다는 말이 나오자 실구지의 표정이 일그러지면서 당황하는 빛이 역력했다. 그녀는 이때다 싶어 한마디 덧붙였다.

"솔직히 내가 이왕 몸도 이렇게 되었으니, 지금이라도 당장자네와 합방하고 살고 싶네만…. 어쩌겠나. 나도 그러고 싶지만, 이 문제가 먼저 해결되지 않으면 방법이 없지 않은가? 내가 한나절이나 이 문제로 고민하다 보니 몸도 지치고 마음도 지쳤나 보네."

"그… 그럼… 내가 어찌해야 하는가?"

"하긴 뭘 어떻게 해? 제일 먼저 처자식 문제를 해결하고 혼자 몸이 돼야지. 그래야 일의 순서가 맞지. 주인 양반인 내가설마 집안 종의 첩실로 들어앉으란 말은 아닐 테지…? 안 그런가?"

"알았소. 며칠간 말미를 좀 주시오. 내 이 문제를 당장 해결하고 오리다."

"좋네. 이 문제를 해결하기 전까지는 위채로 오지 말게. 그래야 나도 떳떳하게 연지와 만복이를 설득할 수 있으니까. 약조하게."

실구지는 얼른 대답하지 못하고 한참 동안 머뭇거렸다. 그러나 내은이가 여러 번 채근하자 그제야 할 수 없이 그러겠다고 약속했다.

"내 몸이 좀 아프니 그만 나가주게. 밖에서 지켜보는 눈도 있으니…. 그리고 약조했으니 빨리 해결하게. 나도 빨리 홀가분하게 자네와 합방이라도 할 게 아닌가? 기다리겠네."

실구지는 입맛을 다시며 자리에서 일어났다. 그러나 그의 귓가에는 기다리겠다는 내은이의 말이 자꾸만 맴돌았다. 그게 위안이라면 위안이었다.

실구지가 아무 일도 없이 밖으로 나오자 만복이와 연지는 안도의 숨을 내쉬었다.

그는 실구지가 사립문을 나가 물레방앗간으로 사라질 때까지 지켜보고 있다가 마당으로 들어왔다.

내은이가 방문을 열고 밖으로 나왔다.

탈출

약속대로 실구지는 다음 날 위채에 나타나지 않았다. 만복이와 연지는 내은이의 지시를 받고 아래채를 오가며 아씨가 몹시 아프다는 말을 흘리면서 동정을 살폈다.

지난밤에 실구지가 처 복실이와 여자 문제로 크게 싸우면서 가재도구를 마구 부수는 소동이 있었다는 소식도 들렸다. 실구지는 화를 참지 못하고 아랫동네 주막으로 내려가 술이 고주망태가 되도록 마시고는 집에 와서 또 행패를 부렸다는 것이다. 아래채의 분위기는 완전히 엉망이었다.

내은이는 쾌재를 불렀다. 모든 일이 자신이 계획하고 있는 방향으로 흘러가고 있었다. 이제 오늘 밤만 무사히 넘기면 된다. 내일 새벽에는 만복이가 미리 알아놓은 지름길을 이용해 과주果州 관아로 내달리는 것이다.

내은이는 신중히 처리하려고 만복이를 불러 아래채로 내려가 실구지를 꼬드기라고 시켰다. 실구지 내외가 싸웠다는 소식을 들은 아씨가 실구지 형님 안부를 걱정하더라는 말을 은근히 흘리라는 것이었다.

그의 화를 더 돋우면 그가 또 주막을 찾아 술을 마실 것이고, 밤새 곯아떨어지면 달아나는 데 훨씬 많은 시간을 벌 수 있다는 계산이었다.

내은이의 예상은 적중했다. 그녀가 실구지의 안부를 걱정하고 있다는 만복이의 말을 들은 그는 내은이가 마치 자기 여자라도 된 것 같은 생각이 들었다.

그날 밤도 아래채에서는 한바탕 소동이 일어났다.

초저녁부터 일찍 잠이 들었던 내은이는 멀리 사찰에서 삼경을 알리는 종소리가 울리자 연지와 만복이를 불렀다. 만복이는 이미 모든 준비를 해놓고 내은이를 기다리고 있었다.

내은이는 만복이에게 다시 한번 조용히 아래채로 내려가 동정을 살피고 오라고 시켰다. 그믐이 가까워진 때라서 달빛은 없었다. 하늘에는 펼쳐진 은하수 사이로 별만 빛나고 있었다.

어두운 소로를 따라 물레방앗간을 지나 아래채 담장으로 다가간 만복이는 조심스럽게 아래채의 동정을 살폈다. 누렁이가 만복이의 기척을 알아차리고 꼬리를 흔들며 다가왔다.

만복이는 누렁이의 머리를 쓰다듬으며 발소리를 죽이고 마당을 가로지른 후, 뒷간을 돌아 다시 입구 사립문으로 나왔다. 방마다 불빛은 없고 적막에 싸여 있었다. 실구지가 자는 방에서는 코 고는 소리가 요란했다.

만복이가 물레방앗간으로 걸음을 옮기자 누렁이가 앞장섰다. 위채로 올라온 만복이는 내은이에게 아래채는 조용하다고 알렸다.

내은이는 두 동생이 자는 방문을 열고 들어가 동생들을 물끄러미 바라보다가 몸을 돌렸다.

마당으로 나온 그녀는 연지의 귀에 대고 두 동생을 잘 부탁한다고 말하고는 눈물을 훔쳤다. 연지는 그녀의 손을 잡고 계속 흐느꼈다. 그녀는 연지를 꼭 안아주면서 걱정하지 말고 동생들을 부탁한다고 거듭 당부했다.

만복이는 안채로 들어가 미리 꾸려놓은 등짐을 등에 지고 나왔다. 등짐을 짊어진 만복이가 뒷간 옆의 작은 문으로 내은이를 안내했다.

내은이는 자꾸만 뒤를 돌아보며 연지에게 손을 흔들었다. 연지도 울음을 참아가며 손을 흔들었다.

어둠은 금방 두 사람을 삼켰다. 연지는 두 사람이 사라진 어둠 속을 한참 동안 바라보다가 몸을 돌렸다.

아씨가 있던 방을 바라보며 연지는 오랫동안 그 자리에 서서 흐느끼다가 조용히 작은 아씨들이 자고 있는 방문을 열고 들어갔다.

집 뒤로 이어진 밭으로 들어선 내은이는 앞서 달리는 만복이를 따라 뛰었다. 두 사람은 밭고랑을 지나 산자락 지름길로 들어섰다.

밭을 지나 소로로 접어들었다가 다시 평지가 이어지자 두 사람은 힘껏 내달리기 시작했다. 누렁이도 따라 뛰었다. 멀리서 개 짖는 소리가 들려왔다.

계곡의 내리막길을 따라 뛰어 내려가는 동안 내은이는 여러 번 엎어지고 넘어지기를 반복했다. 그동안 집 밖을 나가 보거나 뛰어본 적이 없는 그녀로서는 처음 겪는 일이었다.

더구나 밤길에 야반도주하는 형국이라 마음은 급하고 긴장되어 몸이 제대로 말을 듣지 않았다.

만복이는 그때마다 애가 타서 그녀를 부축해 일으키며 안절부절못했다. 두 사람의 인기척에 놀란 산새들이 몇 번이나 푸드덕거리며 날아올랐지만, 계곡은 금방 다시 정적에 묻혔다.

"아씨. 괜찮으세요? 다친 데 없어요? 힘드시면 좀 걸어갈까요?"

만복이는 그녀의 동태를 살피며 목소리를 낮추고 물었다.

만복이도 역시 가쁜 숨을 몰아쉬고 있었다. 그러면서도 그는 어둠이 깔린 계곡 위를 주시하고 있었다. 혹시라도 뒤를 따라 내려오는 사람이 없는지 확인하는 일을 반복하고 있는 것이었다. 계곡은 여전히 어둠에 잠겨 있었다.

내은이는 일어나 옷을 툭툭 털면서 씩씩하게 말했다.

"괜찮다. 이 정도는 참을 수 있어. 앞장서거라. 가자."

만복이는 땅바닥에 떨어진 작은 보따리를 주운 후 흙을 털어 그녀에게 건넸다. 그녀는 보따리를 다시 가슴에 안으면서 그에게 앞장서라고 손짓했다.

만복이는 다시 앞장서서 걸었다. 내은이는 숨이 가빠 헐떡거리면서도 부지런히 만복이를 따랐다.

계곡의 끝자락에 이르자 비로소 민가의 담장이 보였다. 불빛이 새어 나오는 집은 보이지 않았다. 동이 트려면 아직도 한참을 기다려야 했다.

두 사람은 속도를 줄이면서 조용히 민가 사이의 골목으로 숨어들었다. 뛰다가 걷기 시작하니 내은이도 비로소 숨을 고를 수 있었다.

인기척을 느낀 개 한 마리가 짖어대자, 여러 곳에서 덩달아 요란하게 짖어댔다. 두 사람은 발걸음을 더욱 빨리 옮겨 골목을 벗어났다.

아름드리 느티나무가 서 있는 공터를 지나 저잣거리 입구에서 만복이는 멈추어 섰다. 그녀가 재빠르게 나무 밑으로 몸을 숨겼다. 사납게 짖어대던 개들이 잠잠해졌다.

만복이는 입에 손을 갖다 대며 내은이에게 조용히 할 것을 알린 다음, 몇 걸음을 더 가더니 좌우로 길을 살폈다.

그는 다시 돌아와 그녀에게 따라오라고 손짓한 다음, 앞장서서 다시 큰길로 들어섰다. 오가는 사람들은 아직 없었다.

다시 큰 공터로 나오니 저만치에 여러 개의 주막이 보였다. 주막마다 불이 켜져 있었으나 여전히 오가는 사람은 보이지 않았다. 오늘이 과주 장날이니 곧 동이 트면 사람들이 모여들 것이다.

만복이가 이끄는 대로 주막이 보이는 곳에서 오른쪽으로 돌자, 멀리 과주 관아가 보였다. 곳곳에 불이 켜져 있었다.

순간, 내은이는 벅찬 가슴을 억누르고 앞으로 내달려 가려다가 멈칫거리며 섰다. 그녀는 앞서 가는 만복이를 향해 짧게 소리쳤다.

"만복아. 잠깐만…."

그녀가 내지르는 나지막한 고함에 만복이가 놀라 뛰려던 걸음을 멈췄다. 그는 영문을 몰라 눈을 크게 떴다.

"왜요? 아씨. 왜 그러세요?"

"잠깐만. 내 말 좀 들어보거라."

그녀는 얼른 그의 앞을 가로막으며 만복이의 팔을 잡았다. 만복이는 그 와중에서도 계속 고개를 돌리며 주위를 실폈다. 그는 지금 몹시 긴장하고 있었다.

내은이가 그를 나무 아래로 끌었다. 그녀는 탁자처럼 편평하게 다듬은 돌 위에 걸터앉았다. 만복이는 그녀 앞에 엉거주춤 서서 두리번거렸다.

"아씨. 왜 그러세요? 여기가 지금 과주 관아잖아요. 관아라고요. 저 대문 앞에 가서 소리를 쳐도 되고 저 망루에 올라가 북을 쳐도 돼요."

"맞아. 그래. 나도 알아…. 그런데 저기 좀 자세히 보거라."

그녀가 가리키는 곳은 지금 두 사람이 빤히 보고 있는 과주 관아 대문이었다. 그는 영문을 몰라 고개를 갸우뚱거렸다. 그녀가 좌우를 두리번거리며 말을 이었다.

"뭘… 보라는 말씀이세요?"

"잘 보거라. 지금 관아 안쪽 몇 군데에 불은 밝혔지만, 대문 앞에 근무하는 군졸이 어디 있느냐? 네 눈에는 보이느냐?"

"아… 예. 아… 그러고 보니 안 보이네요."

그는 말을 하면서도 고개를 두리번거리며 관아 주변을 살폈다. 그녀의 말대로 관아 몇 군데 불은 밝혀져 있었지만, 정작

대문에 근무를 서는 군졸은 보이지 않았다.

그녀는 손을 턱에 괴고 깊은 생각에 잠긴 듯했다. 그러나 눈은 계속 관아 쪽 주변을 유심히 살피고 있었다. 만복이가 답답한 듯 말을 이었다.

"그런데… 아씨. 그게… 무슨 문제가 되나요? 아직 동이 트지 않아서 그런 거 아닐까요? 우리가 대문 앞에 가서 소리치면 다들 나오지 않겠어요? 아니면 저기 망루에 올라 북을 치든가요."

"쉿! 목소리를 낮추거라."

그녀가 손가락을 입술에 대면서 말했다.

"그래. 네 말대로 이 야밤에 저기 앞에 가서 소리를 치고, 망루에 올라 북이라도 치면… 어떻게 될까?"

"아, 어떻게 되긴요…. 포졸들이 나오겠지요."

"포졸들만 나오겠어? 여기… 이 주변 민가 사람들이라고 가만있겠니? 무슨 일인가 하고 다들 몰려나오지 않겠어?"

"그야… 당연히 그러겠죠."

두 사람은 이야기를 나누면서도 계속 주변을 살폈다. 내은이가 말을 이었다.

"이곳이 시끄러워지면 혹시라도 저놈들이 그 사이 이곳에 나타나지 않는다고 어떻게 장담할 수 있지?"

"아… 그게… 큰일인데… 그러면 어쩌죠?"

만복이가 안절부절못하며 조바심을 냈다. 그녀는 계속 관아와 장터 골목 쪽을 번갈아 보며 주시하고 있었다.

"여기서 동이 트고 관아의 대문이 열릴 때까지 기다릴 수 없을 것 같구나. 이러다가 놈들이 우리가 집을 떠나 도망친 걸 알기라도 하는 날에는…."

만복이도 잔뜩 긴장하고 있었다.

"아씨. 그렇다고 해서 당장 어디로 숨을 곳도 없잖아요. 여기에서 관아 대문이 열릴 때까지 기다리는 게 낫지 않을까요? 그놈들이 벌써 일어났을까요? 설마…."

잠시 고민하던 내은이가 자리에서 일어나 작은 보따리를 가슴에 안았다. 그녀는 마음을 굳힌 듯 만복이를 보며 말했다.

"우리가 한양에서 과주로 넘어오던 남태령을 기억하느냐?"

"남태령은 왜요…?"

"여기는 안 되겠다. 한성부로 간다. 앞장서거라. 일단 움직이자. 여기서 오던 길을 되짚어가다가 장마당을 지나 북쪽 한양 방향으로 길을 잡아라. 날이 밝아오기 전에 남태령으로 최대한 빨리 들어서야 한다."

내은이가 앞장서서 오던 길을 되돌아 걷자, 엉거주춤 서 있던 만복이도 그녀의 뜻을 알아차리고 앞에 서서 오던 길을 되짚어가기 시작했다.

"알겠습니다요. 아씨. 근데… 다리는 안 아프세요?"

만복이가 걱정스러운 듯 그녀를 힐끗 보며 물었다. 그녀는
잠시 미소를 보이더니 다시 무표정하게 말했다.

"괜찮다. 어서 가자. 아무리 힘들어도 여기서 머뭇거리다가
놈들에게 잡히는 것보다 낫다. 그놈들이 우리를 잡으면 살려
두지 않을 것이야. 죽여서 입막음하려 들겠지. 그러고도 남을
놈들이다."

죽여서 입막음할 것이라는 그녀의 말에 만복이는 소름이 끼
쳤다. 그러고 보니 충분히 그런 짓을 하고도 남을 놈들이라는
생각이 든 것이다.

내은이는 그의 뒤를 따르며 말을 이었다.

"이제 곧 동이 틀 시각이다. 날이 밝으면 사람들이 몰려들
것이고 우리의 행적이 사람들의 눈에 띄게 될 것이야. 놈들은
우리가 도망칠까 봐 상당히 경계하면서 감시하고 있었다. 어
젯밤 하루를 그냥 넘겼으니 오늘은 필시 아침 일찍 위채로 올
라올 것이고…. 연지가 아무리 얼버무린다 해도 얼마를 버틸
수 없을 거야. 동이 트기 전에 남태령으로 들어서야 한다."

"알겠습니다요. 아씨."

장마당을 지나 북쪽 들판을 가로지르는 우마차 길을 따라

한참을 걸어가자 야트막한 산길로 이어졌다.

길가에 남태령 입구를 알리는 장승을 만나자 만복이는 쉬는 자리로 내은이를 안내했다.

그는 쉬는 자리에 걸터앉아 등짐을 내려 그 속을 뒤지더니 무언가를 꺼냈다. 주먹밥과 물을 담은 표주박이었다.

내은이는 그가 내주는 주먹밥을 받자 군침이 돌았다. 간밤에 만들어서 비록 온기는 없었지만 먹기에는 안성맞춤이었다. 사실 그녀는 잔뜩 긴장하면서 새벽길을 내달린 터라 시장기를 느끼고 있었다.

그녀는 주먹밥 한 개를 집어먹고 물을 마시자 기운이 다시 나기 시작했다. 만복이도 배가 아주 고팠던지 주먹밥 두어 개를 게걸스럽게 먹어 치우고 물을 벌컥벌컥 들이켜더니 입술을 닦았다.

그러는 사이, 어둠에 잠겼던 주위가 서서히 밝아오기 시작했다. 어둠이 빠르게 걷히면서 멀리 사람들의 움직임이 시야에 들어오기 시작했다.

한양 방향에서 남태령을 넘어오는 등짐과 봇짐을 멘 사람들이 장승 부근으로 하나둘 모이기 시작했다. 아마도 과주 장날이기 때문에 한양 쪽에서 넘어오는 보부상들인 것 같았다.

내은이가 자리를 털고 일어나자 만복이는 다시 등짐을 멨다. 두 사람은 남태령을 오르기 시작했다. 고갯마루에서 과주 방향으로 오는 사람들이 대부분이었다. 거꾸로 한양 방향으로 오르는 사람들은 별로 눈에 띄지 않았다.

늘어난 인파 속에서 고갯길을 오르면서도 두 사람은 수시로 뒤를 돌아보며 자신들을 따라오는 사람이 없는지 확인하곤 했다.

남태령 정상에서 과주 방향으로 내려오는 사람들은 길을 스쳐 지나가면서 두 사람을 힐끗힐끗 보기도 했지만, 두 사람은 무심한 척 묵묵히 고갯길을 올랐다.

마침내 남태령 정상에 오르자 느티나무 아래에 세워진 장승 앞에 사람들이 쉬고 있는 것이 보였다. 내은이는 일부러 장승에서 조금 떨어진 곳에 사람이 많지 않은 자리를 골라 앉았다.

신발을 벗자 발바닥에 잡힌 물집이 터졌는지 버선에 스며든 핏물이 보였다. 만복이가 다가오자 그녀는 얼른 수건을 꺼내 발을 덮었다.

"몹시 아프죠…? 아씨."

만복이는 못 본 척하며 시치미를 떼고 물었다.

"괜찮다. 다 각오하고 있었어."

그녀의 대답은 의외로 씩씩했다. 열여섯 해를 살면서 이렇게 먼 길을, 그것도 산을 오른 것은 처음이었다. 발바닥에 물집이 잡히고 터지는 것은 당연한 일이었다. 그러니 발바닥이 아픈 것은 피할 수 없는 일이었는데, 문제는 더 걸을 수 있느냐는 것이었다.

만복이는 어쩔 줄 몰라 하면서 좌우를 두리번거렸다. 남정네도 발바닥에 물집이 잡히면 얼마나 괴로운지 잘 아는 그로서는, 내은이의 의젓함에 감탄하지 않을 수 없었다.

경칩이 막 지난 시기라 새벽 공기는 여전히 차가웠다. 고개를 오르면서 땀이 차서 헐겁게 했던 옷을 추슬러야 했다. 찬 공기가 몰려오자 그녀는 다시 옷매무새를 고쳤다. 만복이가 등짐을 뒤져 쓰개치마를 찾아 그녀에게 건넸다.

급하게 집을 나서면서 화장품과 장신구를 챙기긴 했지만, 그녀는 지금 그것을 다시 꺼내 치장할 정도로 마음의 여유가 없었다. 그녀는 머리를 고친 다음, 비녀를 다시 꽂고 일어나 쓰개치마를 둘렀다.

비록 화려하지는 않지만, 쓰개치마를 두른 그녀의 모습은 사람들 사이에 있으니 양반가의 여식으로서의 품위가 있어 보였다.

쉬고 있던 사람들과 부지런히 오가는 사람들이 힐끗힐끗 쳐다보았지만, 그녀로서는 지금 그걸 신경 쓸 시간이 없었다.

내은이가 옷매무새를 고치는 동안 만복이는 등짐을 풀어 먹을 것을 꺼냈다. 먹다가 남긴 주먹밥과 육포였다. 내은이는 주먹밥 한 개를 먹고 육포를 입에 넣고 씹으며 허기를 달랬다.

그녀는 일어나 한양을 내려다보았다. 멀리 한강이 보이고 남산의 형체가 시야에 들어왔다. 그녀는 왈칵 쏟아지는 눈물을 참으려고 손으로 입을 가렸다.

사당 방면에서 올라오는 사람들이 점점 늘어나고 있었다. 짐을 잔뜩 실은 우마차도 여러 대 보였다.

내은이가 가자고 손짓하자, 과주 방면에서 올라오는 길을 살피고 있던 만복이가 되돌아와 등짐을 맸다.

"과주 쪽에서 올라오는 사람들이 별로 없구먼요."

등짐을 맨 만복이가 앞장서면서 미소를 지었다.

"다행이다. 그래도 아직 안심하기는 일러…. 어여 가자."

두 사람은 올라오는 인파 사이로 들어섰다. 이제부터는 내리막길이다. 만복이는 올라오는 사람들을 피해 갓길을 따라 잰걸음으로 내려가기 시작했다. 내은이도 절뚝거리면서 뒤를 따랐다. 발바닥 통증이 계속 밀려왔다.

계곡을 덮고 있던 안개가 서서히 걷히면서 멀리 동이 트고 있었다. 한강 쪽의 시야도 훤하게 밝아왔다.

쓰개치마

쓰개치마 쓴 여인

우리나라 복식에서 여성이 얼굴을 가리기 위해 쓰개를 착용하기 시작한 시기는 문헌상 고려시대부터 확인된다. 그러나 실제로는 통일신라시대 때부터로 추정된다.

조선 초기 여성의 옷차림은 고려 말의 유행이 그대로 이어졌다. 명나라의 풍습에 따라 허리를 덮을 만큼 길고 넉넉한 저고리와 풍성하고 넓으며 바닥에 끌릴 정도로 주름진 치마가 주류를 이루었고, 몽골의 영향을 받은 배래(소매 끝부분)가 특징이었다. 상류층 여성들 사이에서는 화려한 문양과 색감이 두드러졌고 머리에는 정갈하게 묶은 쪽진 머리에 족두리나 쓰개치마를 사용했다.

쓰개치마는 양반층 부녀자들이 외출할 때 얼굴을 가리기 위해 착용한 쓰개이다. 그 모양은 한국의 전형적인 치마의 모습과 같았지만, 치마보다는 폭이 좁고 길이도 30cm 정도 짧았다.

홑치마의 허리 부분을 이용하여 옥양목玉洋木을 달고 주름을 겹쳐 잡아 치마 허리를 머리 위로 볼록하게 이마에서부터 턱으로 얼굴을 둘러쌌다. 그리고 치마 허리의 양쪽 끈을 턱 밑으로 모아 앞을 여미어 흘러내리지 않도록 손으로 잡고 다녔다.

여성의 쓰개치마 사용이 일반화된 것은 유교의 영향력이 커진 조선 후기였다. 유교적 생활방식이 일상 전반에 확산되면서 남녀 간의 내외가 심해지고 여성들은 외출도 금지되는 추세에서, 외출이라도 해야 하는 날에는 예외 없이 쓰개치마를 두르고 다녀야 했다.

그로 인해 여성들 사이에서는 얼굴을 가리기 위한 쓰개치마가 발달하였다. 쓰개치마의 사용은 남성과 여성의 사회적 지위를 주종 관계로 나타내는 유교의 '남존여비男尊女卑' 사상이 저변에 깔려 있다.

폭풍 전야

"위채는 좀 어때? 아씨는 일어난 거여? 몸은 좀 괜찮대?"

위채의 동태를 살피러 올라갔던 간난이가 내려오자 툇마루에 걸터앉아 신발을 신으면서 실구지가 물었다.

그는 간난이가 건네는 물을 한 바가지 마시고 마당으로 내려섰다. 간밤에 퍼마신 술이 아직도 덜 깬 기분이었다.

"아니… 그게 뭣이냐… 연지만 만났어요. 아씨가 몸이 아프다면서 약을 달이고 있던데요…."

"아파? 아직도 아프다고? 허허… 거참. 만복이는? 만복이는 뭐 하느라 아직도 안 내려오는 거여?"

실구지가 버럭 역정을 내자 간난이가 멈칫했다. 길동이가 방문을 열고 나와 부엌으로 들어가면서 두 사람을 힐끗 쳐다봤다. 간난이가 우물쭈물하며 대답했다.

"아… 만복이는 못 봤는데…? 그러고 보니 만복이가 안 보였어요. 여기 안 내려왔어요?"

"뭐? 못 봤다고? 야. 길동아. 만복이 봤냐? 아침에…?"

"나도 이제 일어났는데… 그놈을 언제 봐요?"

길동이가 퉁명스럽게 내뱉자 실구지가 버럭 소리를 질렀다.

"당장 만복이 자식을 찾아 데리고 와. 빨리. 이 자식이 벌써 건방져졌어?"

분위기가 심상치 않아 보이자 간난이가 다시 잰걸음으로 위채로 올라갔다. 물레방앗간을 지나면서 간난이는 계속 뒤를 돌아봤다.

실구지가 화가 나면 어떤 일이 일어나는지 훤히 아는 그녀는 얼른 만복이를 찾아 빨리 실구지 앞으로 데리고 와야 한다는 생각뿐이었다. 위채의 굴뚝에서는 연기가 올라오고 있었다.

"만복아. 만복이 어딨어?"

간난이가 사립문을 열고 들어서며 소리를 지르자, 부엌에서 탕약을 끓이고 있던 연지가 놀라 마당으로 나왔다.

"왜요? 무슨 일이래요?"

연지가 짐짓 모르는 채 눈을 부릅뜨며 영문을 모르겠다는 시늉을 했다. 간난이가 좌우를 두리번거리며 발을 동동 구르며 채근했다.

"만복이 어디 갔냐고…. 만복이….”

"왜… 만복이를 찾아요?”

"아… 실구지 서방님이 찾고 있어. 빨리 데리고 오래.”

"실구지가…요? 왜요?”

"모르겠어. 뭐… 물어볼 게 있대. 아침에 인사하러 안 왔다고 화가 많이 났어. 건방지다고 난리야. 빨리 가야 해.”

"만복이는 조금 전에 장터로 물건 사러 갔는데…. 오늘이 과주 장날이라고 하면서….”

"장날? 무슨 물건을 사러 간 거야…? 아씨는 어디 계서? 방에 계시나?”

"만복이가 모시고 장에 갔죠. 아씨가 너무 몸이 안 좋으니까 바깥바람이나 쐬고 싶다고 해서 모시고 갔어요.”

연지가 능청스럽게 대답하자 간난이는 곧이곧대로 믿고 펄쩍 뛰었다.

"아이고머니나… 이걸 어쩌나? 얼마나 됐어? 장에 가신 지 얼마나 된 거여?”

"얼마 안 됐어요. 아마 지금쯤 장마당에 도착했겠네요.”

"아이고, 이를 어째. 큰일이네.”

연지의 말이 끝나기도 전에 간난이가 허둥지둥 사립문을 열고 아래채 쪽으로 뛰었다. 연지는 사립문으로 나와 간난이의 뒷모습을 지켜보면서 가슴을 쓸어내렸다.

물레방앗간을 지나 간난이가 아래채 마당으로 들어서며 손을 이리저리 흔들며 호들갑을 떠는 모습이 보였다.

연지가 몸을 돌리자 작은 아씨 두 사람이 그녀에게 다가왔다. 늦잠을 자고 일어났지만, 마당에서 연지가 간난이와 나누는 대화를 들으면서 상황이 별로 좋지 않다고 느끼고 일부러 밖으로 나오지 않았던 터였다.

"언니는 장마당에 가신 거야?"

"예. 아씨. 걱정하지 마세요. 장에서 두 아씨께 드릴 노리개와 맛있는 거 사 오신다고 그러셨어요. 좀만 기다리시면 오실 거예요. 자자… 바람이 아직 차요. 고뿔이라도 걸리면 안 돼요. 안으로 들어가세요. 조반 차려서 들어갈게요."

연지는 두 아씨를 달래 방으로 들어가게 하고, 다시 사립문으로 나가 아래채 쪽을 살폈다. 벌써 물레방앗간을 지나 위채로 올라오는 사람들 모습이 보였다.

앞장서서 뛰어 올라오는 사람은 길동이가 분명했다. 그 뒤로 실구지와 간난이가 따라오는 것이 보였다.

연지는 가슴이 철렁 내려앉았다. 걱정하고 있던 일이 바로 코앞에 닥친 것이다.

그녀는 사립문을 닫고 마당으로 들어와 두어 번 심호흡했다. 그리고 재빨리 작은 아씨들이 있는 방문을 열고, 잠시 후 마당에서 어떤 일이 벌어지더라도 방 안에서 꼼짝하지 말고 절대로 나와서는 안 된다고 신신당부했다.

연지는 방문을 닫고 나와 부엌으로 들어섰다. 가슴이 마구 뛰어 진정되지 않았다. 그녀는 눈을 감고 심호흡했다.

"뭐여? 장마당에 갔다고? 연지는 어딨어? 이리 나와 봐."

부엌에서 탕약을 달이던 그 모습 그대로 연지가 나왔다. 마당으로 나선 연지가 놀라 뒷걸음치자 실구지가 앞으로 나서면서 다그쳤다.

"아프다는 사람이 말도 없이 장마당에 간다고? 누가 가라고 했어? 응? 누가 허락했냐고?"

실구지는 고래고래 소리를 질렀다. 연지가 놀라 대답을 못 하고 있자, 실구지는 부엌으로 뛰어들었다.

탕약을 끓이고 있는 현장을 확인한 실구지가 다시 밖으로 나왔다.

그때, 내은이가 묵고 있는 방으로 들어갔던 길동이가 나오 면서 황급히 실구지를 불렀다.

"형. 여기 좀 와 봐요. 방이 좀⋯."

상황이 묘하다고 느낀 실구지가 잰걸음으로 내은이 방으로 들어섰다.

"뭔데 그래? 방이 뭐…."

순간, 실구지의 눈꼬리가 올라갔다. 방 안에는 길동이가 뒤져놓은 장롱의 문이 열려 있었다.

"형. 패물 상자가 비어 있어요."

"연지. 이리 와 봐. 이 패물 상자가 왜 비어 있는 거야? 아씨는 지금 어딨어? 어디 갔냐고?"

실구지가 화가 나 마당을 향해 소리를 버럭 질렀다. 겁을 잔뜩 먹은 연지가 어쩔 줄 몰라 하며 대답했다.

"난 몰라요. 그냥 오늘 장날이라고 장에 작은 아씨 노리개랑 맛있는 거 사러 간다고 그랬어요. 나… 나는 그것밖에 몰라요."

"그런데 왜 패물 상자가 비었냐고? 똑바로 말 안 해? 이것들이 정말…."

실구지가 헛간으로 들어가더니 낫을 꺼내 들고 마당으로 나왔다. 그의 표정이 무섭게 일그러졌다.

연지가 얼른 대답했다. 말소리가 몹시 떨렸다.

"아씨가… 며칠 전부터 장날에 물건을 사러 가야 하는데… 돈이 없다면서 걱정하셨어요. 패물 팔아서… 물건을 사려고 했던 게… 아닐까요?"

연지가 두 손을 모으고 거의 울먹이며 대답하자, 실구지는 방 안에서 이것저것 뒤적이고 있는 길동이를 불렀다.

"길동아. 거기 장롱 안에 문서 꾸러미 찾아봐. 있나 없나 확인해야지."

"안 그래도 찾고 있는데… 안 보이네요. 여기도 없고… 어… 없어요."

"물건을 사는 데 돈이 없으면 패물이면 되지 토지문서와 노비문서는 왜 들고 간 거여? 응? 오호라. 이것들이 아무래도 도망을 친 모양이다. 야. 길동아. 빨리 장마당으로 가서 잡아 와. 근데… 박 서방, 박 서방은 대체 뭐 하고 있는 거야? 왜 안 오는 거야?"

화가 난 실구지가 간난이를 보자 그녀는 겁에 질려 말을 더듬었다.

"밭에… 일하러 갔는데… 오라고 했는데…."

그녀는 말을 마치지도 못하고 사립문을 열고 아래채로 뛰어내려갔다.

"이런 씨팔… 이 연놈들을 내가…. 만약 무슨 개수작이라도 꾸미고 있는 거면, 가만두지 않겠어. 내 오늘 아주 요절을 내고 말 거여."

실구지는 화를 참지 못하고 내은이 방 문틀을 낫으로 찍었다.

"형. 이러고 있을 때가 아니야. 빨리 장마당으로 가서 확인하고 잡아야지. 일이 터지기 전에 어서 움직입시다. 빨리…."

길동이는 부엌으로 들어가 바가지에 물을 가득 담아 화가잔뜩 난 실구지에게 건넸다. 갈증을 느끼고 있던 실구지가 단숨에 물 한 바가지를 비웠다.

잠시 후, 흥분이 조금 가라앉자 실구지는 마당 한쪽에 있는평상에 앉았다. 그리고 연지를 불러 다시 심문하듯 물었다.

연지는 내은이가 시키는 대로 아씨는 장마당에 바람 쐬러간다고 해서 만복이가 모시고 갔으며, 자기는 작은 아씨들과아침을 먹고 아씨가 돌아오시면 드릴 탕약을 달이고 있을 뿐이라고 일관되게 말했다. 그리고 그 외의 것은 전혀 모르는 일이라고 말했다.

실구지는 더 이상 캐물어 봐야 나올 게 없다고 판단한 듯 연지에게 작은 아씨 둘을 데리고 이 집에서 한 발짝이라도 밖으로 나가면 가만두지 않겠다고 경고했다. 그리고 간난이가 올라오면 박 서방에게 장마당으로 오도록 전하라고 당부했다.

말을 마친 실구지는 길동이에게 빨리 장마당으로 가서 아씨와 만복이를 찾아야 한다면서 함께 아래채로 뛰어 내려갔다.

실구지와 길동이가 아래채로 내려가자 연지는 사립문에 기대서 눈물을 흘렸다. 어둠은 이미 걷히고 동녘이 밝아오면서 멀리 들판에는 일하는 사람들이 하나둘 보이기 시작했다.

그녀는 몸을 돌려 아씨 방으로 향했다. 마당이 조용해지자 두 아씨가 문을 빼꼼히 열고 이리저리 살피더니 달려 나와 연지 품에 안겼다.

두 아씨의 눈물을 닦아준 연지는 내은이 방으로 들어섰다. 방 안은 장롱과 이불 등을 완전히 헤집어 놓아서 엉망이었다.

그녀는 눈물을 훔치며 다시 나와 부엌으로 들어갔다. 두 아씨의 아침상을 차려야 했기 때문이었다.

실구지 형제는 아래채를 지나 곧장 장마당으로 향했다. 이른 아침이지만 장마당에는 이미 많은 사람이 좌판을 깔고 장사를 시작하고 있었다.

장마당 한쪽 구석에는 먼 길을 왔는지 아침 요기를 하는 사람들로 북적거렸다. 주모가 솥단지를 여닫을 때마다 김이 모락모락 피어올랐다.

실구지 형제가 장마당을 한 바퀴 돌아봤지만, 그 어디에도 내은이와 만복이의 모습은 보이지 않았다.

"형. 관아 쪽으로 한 번 가봅시다. 혹시 이것들이 거기로 간 게 아닐까요?"

길동이가 실구지를 불러세우며 말했다. 실구지는 고개를 갸우뚱거렸다.

"에이… 설마…. 그렇게까지 하겠어? 아무리 어려도 창피스러운 건 알지 않겠어?"

"그래도… 혹시 모르잖아요. 한번 가봅시다. 장마당은 다 돌았잖아요."

실구지는 길동이가 끄는 대로 관아로 가서 정문 맞은편에 있는 느티나무 아래 돌 탁자에 걸터앉아 동정을 살폈다.

두 사람은 꽤 오랜 시간을 지켜봐도 관아 쪽에서는 아무 반응이 없었다. 실구지가 일어서며 엉덩이를 툭툭 털었다.

"가자. 여긴 아무 일도 없는 것 같고…. 장마당을 다시 한 바퀴 돌고 집으로 가자. 혹시 그사이에 집으로 돌아와 있지나 않을까?"

실구지는 만약 내은이가 새벽에 관가에 고발이라도 했다면 관아가 이렇게 조용할 리가 없다고 보았다. 아마도 벌써 무장한 포졸들이 골짜기를 들이닥쳤을 것이고, 집에 저들이 없는 것을 알았다면 이 부근이 와자지껄 시끄러워졌을 거라고 생각한 것이다.

"그러면 좋지요. 그래야지요. 흐흐흐."

길동이가 다소 안심이 되어 맞장구쳤다. 두 형제는 오랜만에 웃으면서 다시 장마당으로 향했다.

한성부漢城府에 이르다

그 시각, 내은이와 만복이는 남태령 아래 주막을 지나 역참 부근에 이르렀다.

내은이는 발에 물집이 터져 덧나는 바람에 도저히 더 걷기 어려울 정도가 되었다. 체력도 거의 바닥이 난 데다가 허기도 졌다.

두 사람은 역참 가까이에 이르자 주막을 찾아 들었다. 국밥을 시켜놓고 만복이는 잠시 다녀올 데가 있다면서 밖으로 나갔다.

잠시 후 김이 모락모락 피어오르는 국밥이 나오자 내은이는 만복이를 마냥 기다릴 수도 없어 숟가락을 들었다. 양반 체면이고 뭐고 따질 일이 아니었다.

밥알이 몇 숟갈 들어가자 온몸에 힘이 빠지면서 졸음이 쏟아졌다. 너무 힘들게 남태령을 넘어온 터라 아무리 참아도 버틸 수 없을 정도였다. 내은이는 숟가락을 손에서 놓지도 못한 채 그대로 탁자에 엎어져 잠이 들었다.

만복이도 배는 고팠지만, 이 상태로는 아씨가 더 걸을 수 없다고 보고 말이나 우마차를 빌릴 생각으로 주막을 나온 것이었다. 다행히 바로 역참 맞은편에 빌려주는 곳이 있어 들어가 흥정을 시작했다.

장날이라 운송 수단을 빌리는 사람이 많아 가격을 비싸게 불렀지만, 그나마 빌릴 수 있는 것만으로도 행운이었다. 말은 없어 빌리지 못하고 대신 작은 우마차 하나를 빌렸다. 목적지는 노량진이나 동작진 중에 선택해야 했는데, 가장 가까운 곳이 동작진이어서 거기를 택했다.

만복이가 흥정을 끝내고 우마차를 준비하는 동안 주막으로 돌아왔다. 아씨는 탁자에 엎드려 곤히 잠들어 있었다. 가슴에 품고 있던 보따리를 앞으로 놓고 거기에 얼굴을 감싼 채 잠이 든 모습이었다.

이제 겨우 열여섯 꽃다운 어린 나이가 아닌가? 만복이는 눈시울을 붉혔다. 그는 혹시 아씨가 깰세라 조심스럽게 국밥을 빠르게 비웠다.

그 사이 주막에 우마차가 도착했다. 만복이는 아씨를 깨워

자초지종을 말씀드리고 그녀를 조심스럽게 우마차에 태웠다. 잠이 덜 깬 내은이였지만 만복이가 알아서 우마차를 빌려 와 주니 정말 고마웠다. 두 사람을 태운 우마차는 덜커덕 소리를 내며 동작진으로 향했다.

한강변 동작나루에 이르자 아침 해가 제법 솟아올랐다. 한 강은 말없이 푸르렀다. 건너편에 남산이 한눈에 들어오자 내 은이는 흐르는 눈물을 감출 수가 없었다.

만복이는 다시 나루터에서 뱃삯을 지불한 다음, 내은이를 안내해 배에 올랐다. 배는 미끄러지듯 한강을 가로질러 강 건 너 나루터에 닿았다.

만복이는 나루터 입구로 가서 다시 한성부로 가는 말이나 우마차를 빌리려고 했다. 그러나 안내하는 사람의 말에 따르 면 오늘따라 우마차를 이용하는 사람이 많아 계속 기다려야 한다고 했다.

다급해진 만복이는 이리저리 뛰며 간신히 웃돈을 주고 숭 례문(오늘의 남대문)까지 가는 우마차에 겨우 함께 탈 수 있 었다.

내은이는 만복이의 수완에 감탄과 고마운 마음을 어떻게 표 현해야 좋을지 모를 정도였다.

우마차가 용산을 지나면서 해는 중천에 걸렸다. 차갑던 바람도 오후가 되자 다소 누그러졌다. 어둠이 깔린 새벽에 집을 나선 지 꼬박 한나절 이상 걸린 것이다. 이제 숭례문까지만 가면 기어서라도 한성부까지는 갈 수 있을 것이다.

여기까지 생각이 미친 내은이는 입술을 깨물었다. 사실 내은이는 사당에서부터 단 몇 발짝도 옮길 수 없을 정도로 체력이 바닥나 있었고, 발바닥은 부르터 도저히 걸을 수 없는 상황이었다.

마침내 우마차가 남대문 입구 시장통에 이르렀다. 우마차는 계속 서대문 방향으로 가야 했으므로 내은이는 여기에서 내려야 했다. 내은이와 만복이는 동승을 허락해준 일행에게 고마움을 표시하고 우마차에서 내렸다.

발바닥이 땅에 닿자 내은이는 순간 극심한 통증을 견디지 못하고 모로 주저앉았다. 주변 사람들이 깜짝 놀라 모여들었다.

"아씨."

만복이가 깜짝 놀라 내은이를 부축했다.

"괜찮다. 앞장서거라. 견딜 만하구나."

만복이는 그녀의 의지에 혀를 내둘렀다. 내은이가 일어나 아무렇지도 않은 듯 미소를 짓자 모여든 사람들이 하나둘 흩어졌다.

통증을 참아가며 어렵게 발걸음을 옮겨 마침내 도성 안으로 들어서자 내은이는 믿기지 않는 듯 좌우를 둘러보았다.

기쁜 숨을 몰아쉬며 남태령을 넘은 지 얼마나 흘렀나? 아직도 뒤에서 누가 금방 추격해 올 것 같은 불안감이 가슴을 짓눌렀다. 만복이가 이끄는 대로 여기까지 힘들게 왔지만, 이제는 더 이상 움직일 수 없을 정도로 지쳐 있었다.

다리는 오금이 당기고 발바닥은 물집이 잡혀 조금만 걸어도 심한 통증이 몰려왔다. 여자의 몸으로 이렇게 먼 길을 걸어본 것은 처음이었다.

경칩이 막 지났지만 날씨는 여전히 차가웠다. 아직은 겨울이었다. 내은이는 두 손을 입으로 가져가 입김을 불어 넣으면서 어금니를 깨물었다.

'그래도 가야 한다. 분하고 억울함을 고변하고 동생들을 구해야 한다.'

내은이는 지난 며칠 동안에 일어났던 일을 떠올리며 몸서리를 쳤다. 온몸은 땀으로 흠뻑 젖어 끈적거렸고, 저고리 사이로 스며드는 바람은 너무 시리고 아팠다.

그녀는 다시 앞섶을 여미고 쓰개치마를 둘렀다. 만복이를 따라가며 계속 뒤를 돌아보기를 반복했다.

"아씨. 이쪽입니다요."

만복이가 오른쪽을 가리켰다. 그녀는 고개를 끄덕이며 눈빛으로 알았다는 신호를 보냈다. 그러나 절뚝이며 걷는 그녀의 발바닥은 물집 때문에 몹시 고통스러워 이마를 찡그렸다.

밤새 잠을 자지 못하고 걸었으니 눈도 절로 감겼다.

"아씨. 괜찮으세요? 좀 쉬었다 갈까요?"

만복이가 몹시 걱정스러운 얼굴로 오른쪽 길가 나무 그루터기를 가리키며 그녀를 끌었다.

"괜찮아. 빨리 가야지. 다 왔다면서…?"

그녀는 고개를 저으며 만복이를 향해 앞장서라는 손짓을 했다.

"알겠어요. 아씨. 저기를 돌아 왼쪽으로 조금만 더 가면 한성부漢城府가 나와요. 조금만 버티세요. 도성 안으로 들어왔으니 이젠 누가 쫓아와도 괜찮아요."

만복이는 멀리 서 있는 느티나무 방향을 가리키며 말했다. 이른 아침이라 오가는 사람이 많지는 않았지만, 지나가는 이들이 두 사람을 번갈아보며 고개를 갸웃거렸다.

그도 그럴 것이 앞장서 길 안내를 하는 청년 노비는 그렇다 치고, 절뚝거리며 힘겹게 뒤를 따르는 앳된 소녀의 행색은 너무 이상했기 때문이었다. 사람들 눈에는 분명 누군가에게 쫓기는 모양새로 보였다.

느티나무 삼거리를 돌아서자 맞은편에 한성부가 나타났다. '한성부漢城府'라는 커다란 현판이 걸린 대문 입구에 서 있는 군졸들이 보이자 만복이가 손을 들어 흔들며 소리쳤다.

"나으리. 도와주세요. 여기요. 여기…."

군졸들이 두 사람을 보고 달려왔다. 지나던 몇몇 사람들이 이게 무슨 일인가 싶어 가던 걸음을 멈추고 두 사람과 군졸들을 번갈아 바라봤다.

"여기요. 고변하려 합니다. 도와주세요."

만복이가 달려오는 군졸들을 향해 울먹이며 소리쳤다. 창을 든 군졸들이 달려오자, 대장인 듯한 군졸이 만복이에게 물었다.

"무슨 일인가?"

"우리 아씨가 억울한 일을 당했습니다요."

상황을 직감한 대장이 군졸들에게 지시했다. 군졸들이 내은이를 부축하자 그녀는 긴장이 풀려 길바닥에 맥없이 쓰러졌다.

"아씨. 아씨… 한성부에 왔어요. 정신을 차리세요. 아씨. 아씨…."

"만복아…. 신문고를… 쳐… 야…."

그녀는 눈을 가늘게 뜨고 관아 정문 옆 망루에 설치된 신문고를 손으로 가리키며 몇 마디 중얼거리더니 그대로 고개를 떨구었다. 긴장이 풀리면서 마침내 의식을 잃은 것이다.

"들것을 가지고 오너라."

대장 군졸이 소리치자 군졸들이 달려와 내은이를 들것에 실었다. 창백한 얼굴로 사지를 축 늘어뜨린 내은이는 들것에 실리는 동안에도 죽은 듯 미동조차 하지 않았다. 군졸들이 그녀를 싣고 한성부 안으로 뛰었다.

만복이는 소매로 눈가를 훔치며 내은이의 짚신을 들고 그 뒤를 따랐다.

동작나루

　　동작나루銅雀津는 지금의 반포아파트 서쪽 이수천 입구에 있었던 나루터로서, 서울특별시 동작구 명칭의 유래가 되었다. 동재기나루, 동작도銅雀渡라고도 불렸다.

　　『신증동국여지승람』에는 "나루 위쪽에 모노리탄毛老里灘과 기도棋島가 있다."라고 기록돼 있고, 『해동지도』와 『조선지도』, 『대동여지도』 등을 비롯한 조선 후기에 제작된 지도에도 동작진이 그려져 있다.

　　조선시대에는 과천현에 속하였다가 한강에 여러 다리가 설치되면서 나루의 기능은 사라졌다. 특히 이 부근에 동작대교가 설치된 후로는 한강을 남북으로 연결하고 과천으로 통하는 교통로로서의 구실을 하게 되었다.

　　조선 전기에 동작나루는 서울과 남쪽 지방을 연결하는 주요 나루는 아니었다. 당시 도성 주변 성저십리 지역에는 아직 거주민도 많지 않아 이곳을 이용해 강을 건너는 사람이 드물었다.

　　동작나루를 건너더라도 남쪽으로는 남태령이 있었고, 북쪽으로는 남산이 앞을 막고 있어서 서울과 남쪽 지방을 연결하는 교통로로는 적합하지 않았다. 그래서 사람들은 강의 양쪽이 평지로 되어 이동하기가 훨씬 편리한 마포나루와 노량나루를 주로 이용했다.

　　시간이 흐르면서 한양 도성의 인구와 물자 수요가 늘어나자, 경강 지역의 강

겸재 정선의 '동작진' 그림

변을 따라 여러 나루터가 점차 활기를 띠게 되었다. 배를 이용한 물자 공급이 비교적 쉬웠기 때문이었다. 조선 후기에 이르면 경강 지역이 전국적 상업 중심지로 성장하였다.

경강京江이란 조선시대 한양의 뚝섬에서 양화나루에 이르는 한강 일대를 이르는 말로, 이 지역을 따라 지방에서 한양으로 올라오는 세곡稅穀과 물자 등이 운송되거나 거래되었다. 특히 수원 화성이 건설되어 서울과의 왕래가 활발해지면서 비로소 동작나루도 남쪽 지방과 통하는 주요 나루터 중 하나로 기능하게 되었다.

인구 이동과 도성의 물자 공급을 위해 조정에서는 한강진, 노량진, 양화진을 관에서 직접 관리하는 관진官津으로 설치하였다. 그러나 교통량이 상대적으로 많지 않았던 동작진은 관에서 관리하지 않았다.

동작진은 본래 '험한 나루險津'로 알려진 데다 관에서 나루를 만들지 않았으므로 자연스럽게 지역 사람들이 나루터를 만들어 관리했다. 관청에서 체계적으로 관리하지 않는 사나루私津이다 보니 종종 배가 침몰하거나 사람이 물에 빠져 죽는 사고가 일어나 문제가 되기도 했다.

훗날 수원 화성이 건설되고 한양 도성과 수원을 연결하는 신작로가 새로 개설되면서 이용자가 점차 늘어나자, 관에서도 동작나루에서 강북으로 오가는 진선津船 5척을 배치했다. 그래도 서쪽의 마포麻浦와 서강西江은 물이 깊고 넓어 큰 선박이 정박할 수 있었지만, 동작진과 노량진은 물이 얕아 작고 가벼운 선박만 오갈 수 있었다.

나루터 부근에는 모노리탄毛老里灘, 尾老里灘이라 불리는 모래언덕과 기도碁島(바둑섬)라 불리는 섬이 있었다. '탄灘'이란 모래톱을 뜻하는데, 모래가 쌓여 백사장이 형성된 곳을 말한다. 바닷가나 큰 강가의 굽이진 곳에 주로 형성된다.

특히 반포 한강공원 가까이에 당시 사람들 사이에서 '바둑섬'으로 불렸던 '기도碁島'가 실제로 존재했음이 옛 문헌을 통해 확인된다.

1481년 편찬된 『동국여지승람』에도 '기도'는 노량나루 북쪽 20리에 있고, 그 이전에는 사람들이 '흑석진黑石津'이라 불렀다는 기록이 남아 있다.

또 1530년에 간행된 『신증동국여지승람』에는 한양의 동작동을 설명하며 "북으로 18리인데, 나루 위에는 모노리탄毛老里灘, 尾老里灘과 기도가 있다."라고 기록돼 있다.

1861년 김정호가 만든 『대동여지도』 제1첩 「경조오부도京兆五部圖」에는 지금의 동작대교와 반포대교 사이 한강에 '기도'가 자리하고 있다. 「경조오부도」는 현재

국립중앙도서관에 소장돼 있으며, 양화 한강공원 내 선유도 공원 안내센터 입구와 현관에서도 사진으로 볼 수 있다.

이런 사실은 그 부근의 '흑석동'이라는 이름의 유래에서도 확인할 수 있다. 이 마을 남쪽 일대에서 나는 돌의 빛깔이 검은색을 띠었으므로, 사람들 사이에 '검은 돌 마을'이라 불렸고 이를 한자로 바꾸면서 '흑석동'이 됐다고 전한다.

그러므로 지금의 흑석동 인근에 '기도碁島'라는 섬이 있었다는 것도 우연의 일치만은 아닌 듯하다. 특히 조선시대에는 관원들이 숙직 당번을 서면서 바둑을 두다가 적발되면, 근무 태만이라는 죄목으로 '기도'로 하루 동안 유배를 보냈다는 야화野話도 전해지고 있어 흥미를 더한다.

지금의 반포 한강공원의 인공섬인 서래섬 자리에 실제로 있었던 섬, '기도'는 한강 둔치가 개발되는 과정에서 완전히 자취를 감추고 말았다.

사건의 결말과 그 파장

태종 4년(1404) 춘삼월 어느 날, 한성부 관할지역에서 일어난 이 사건은 조선 신정부의 조정을 발칵 뒤집어 놓았다.

당시 한성부판윤漢城府判尹은 강서姜筮라는 인물로, 조선이 개국해 한성부를 만든 후 여덟 번째로 임명된 관리였다.

한성부의 판윤은 조선시대 한성부를 다스리던 정2품의 관직으로서, 육조의 판사·좌참찬·우참찬과 함께 9경으로도 불렸다. 품계는 자헌대부資憲大夫 이상의 품계에 해당했으며, 행정과 사법 업무를 겸하고 있었다. 그러므로 한성부의 관할 구역상 오늘날의 서울특별시장 겸 수도방위사령관 겸 서울고등법원장 겸 서울고등검찰청 검사장에 해당한다.

한성부에서는 신속하게 조사가 진행되었다. 당시 조선 조정은 건국한 지 얼마 지나지 않은 시기여서 아직도 사회적으로 불안정한 과도기였으므로 치안 문제에 상당한 주의를 기울이고 있었다.

이런 시기에 노비가 주인의 딸을 강간한 사건이 일어나자, 조정에서는 국가의 기강을 뒤흔든 사건으로 인식하였다.

한성부판윤 강서는 사건의 중대성을 인지하고 사건 접수 즉시 포도대장에게 명하여 과주로 가서 신속하게 죄인 실구지 형제와 박질을 잡아들이도록 지시했다.

한성부에서는 이들을 압송한 당일부터 즉시 국문하기 시작했다. 처음에는 서로 억울하다고 버티던 죄인들은 고문이 시작되자 순순히 모든 것을 자백했다.

조사를 마친 한성부에서는 곧바로 조사 내용을 의정부議政府에 보고했다. 한성부로부터 사건을 접수한 의정부에서는 즉시 조사에 착수했다.

의정부에서는 실구지 형제와 처남 박질의 치밀한 사전 모의 과정에 주목했다. 그래서 종奴이 계획적으로 상전上典을 능욕하여 아내로 삼고 그들의 재산을 빼앗으려 한 것은 지능적인 범죄로 규정했다.

모든 자백을 다 받은 의정부에서는 이 사건을 엄격한 신분제 사회에 대한 중대한 도전으로 받아들여, 단순 강간 사건이 아니라 국가의 기강國紀을 뒤흔든 대사건으로 간주하고 일사

천리로 신속하게 처리했다.

의정부에서는 사태의 심각성을 알고 어전회의에서 태종에게 직접 보고했다. 보고를 받은 태종 이방원은 크게 노했다. 그는 곧 죄인 실구지 형제와 박질을 대역죄인에 적용하는 『대명률大明律』에 따라 능지처참陵遲處斬하라고 명했다.

이에 따라 실구지 형제와 처남 박질은 교수형도 모자라 사지四肢를 서서히 찢어 죽이는 능지처참형을 당했다. 그들이 삼년상을 치르고 있던 상전을 계획적으로 강간했을 뿐 아니라 재산을 빼앗으려 한 불순한 의도를 용서할 수 없었기 때문이었다.

조선왕조는 개국 후 성종조에 이르러 경국대전이 완성되기 전까지 명나라의 『대명률大明律』을 따랐는데, 대명률에도 성범죄에 대한 처벌은 매우 엄격했다. 대명률 '형률刑律'의 '범간犯奸' 조항을 보면 강간뿐만 아니라 화간和奸도 처벌했다.

"무릇 화간和奸은 장杖 80대, 남편이 있으면 장 90대이다. 조간刁奸(여자를 유괴한 뒤 간음)은 장 100대이고, 강간한 자는 교수형絞刑에 처한다. 강간미수죄는 장 100대에 유배流 3,000리에 처한다." (『대명률』 '형률·범간조犯奸條')

"부모상 또는 남편상을 당한 자와 승니僧尼(비구와 비구니), 도
사道士, 여관女冠(여자 도사)이 간음을 범하면 범간죄에다 2등
을 더해 가중 처벌한다." (『대명률』·'거상급승도범간조居喪及僧
道犯奸條')

즉, 합의에 의한 성행위인 화간和姦은 장 80대이지만, 여성에
게 남편이 있으면 90대로 올라갔다. 여성을 유괴해 강간한 조
간勾姦에 대한 형벌은 화간보다 무거운 100대였다.

어린이 성폭행범은 예외 없이 교수형에 처했다. 어린아이
를 강간하거나 꾀어서 성폭행했을 때는 더 강하게 처벌했다.
1395년(태조 4년)『대명률』을 이두로 번역해 출간한『대명률직
해』390-2조를 보면, 특히 12세 이하 어린아이를 간음할 경우
비록 '화간'이라 해도 강간죄로 적용해 논죄했다.

그 예를 보면, 개국 초인 1398년(태조 7년) 윤5월, 잉읍금仍邑
金이라는 사노私奴가 11세 여아를 강간했다가 교형絞刑(교수형)
에 처해졌다. (「조선왕조실록」태조 14권).

세종도 성폭행범에 대해서는 단호하게 처벌했다. 세종 8년
(1426) 11월 17일 자 실록에는 강원도 평해(오늘날 경북 울진
군 평해읍)에 사는 김잉읍화라는 사람이 8세 여아를 성폭행했
다가 붙잡혀 교수형을 당했다. (「조선왕조실록」세종 8년 11월

17일 자).

또 세종 17년(1435)에는 강원도 철원의 사노 문수생文守生이 11세 된 여아를 강간했다가 사형을 당했고, 중종 18년(1523) 윤4월 해주海州의 죄수 이천산李千山이 아홉 살 여아 검주리檢注 里를 강간한 사건도 사형으로 다스려졌다.

『대청률집주』에 따르면, "12세 이하의 어린 여자는 아직 남녀의 정의情意가 생기지 않아 음심淫心이 없고 또 속이거나 통제하기 쉬우므로 화간의 정상이 있더라도 속은 것이기에 역시 강간과 같이 논한다"라고 하여 강력한 처벌을 명문화하고 있다.

조선왕조는 『대청률집주』의 해석을 근거로 어린 여자아이를 대상으로 한 성폭행범을 강력하게 다스렸다. 이는 곧 조선 사회가 여성의 정조를 목숨처럼 소중하게 여겼음을 뜻한다. 즉, 어린 여아의 경우 아직 피지도 못한 꽃이었기에 더욱더 강하게 처벌했다.

조선 사회에서 강간죄는 모반과 같은 대역죄 및 존속살인과 맞먹는 중죄로 취급됐다. 즉, 국가의 경사 때 종종 시행한 대사면령에도 강간죄는 해당하지 않았다. 단적인 예로 성종(1469~1494)은 1471년(성종 2년) 1월 24일, 20살의 나이에 요절한 아버지(1438~1457)를 의경왕(훗날 덕종으로 추존)으로 추승하면서 대사면령을 내렸는데, 사면령에서 제외되는 중죄를 다음과 같이 열거했다.

"모반謀反(역적 모의)·대역 모반大逆謀叛(다른 나라와 반역을 도모한 것), 조부모나 부모를 살해하거나 때린 것, 처첩으로서 지아비를, 노비로서 주인을 모살한 것, 고의살인과 독살, 염매(사람을 죽이거나 병에 걸리게 하려고 귀신에게 빌거나 방술을 쓰는 행위)한 것과 강간 및 강도 등은 대사면령에서 제외한다."

이와 같이 강간죄를 대역 모반죄 및 존속살인죄와 같은 반열에 넣은 것이다.

능지凌遲란 고대 중국에서 청대까지 시행되었던 사형 방법의 하나로, 한국 등에서도 행해졌다. 산 채로 살을 회 뜨는 형벌로, 사형 중에서도 반역 등 일급 중죄인에게 시행한 가장 무거운 형벌이었다. 또한 사형 방법 중 가장 잔인한 방식이기도 했다. 대명률에서는 능지처사凌遲處死라 하였으며, 한국에서는 능지처참凌遲處斬이라고도 불렀다.

능지는 사람을 천천히 고통스럽게 죽이는 형벌로, 속칭 살천도殺千刀라고도 불리는데, 천 번 칼질해 죽인다는 뜻에서 비롯되었다. 실제로 죄인에게 6천 번까지 난도질을 가한 기록도 있다.

사형 방법 가운데 가장 치욕스럽고 불명예스러우며 고통스러운 방식으로, 보통은 어지간히 큰 죄가 아니면 선고되지 않았다. 주로 죄질이 극도로 나쁘고 괘씸죄까지 겹쳐 판결자가 죄인에게 깊은 원한을 품었을 때 집행되곤 했으니, 유사 이래 최고의 형벌로 꼽힌다.

여기서 더 극악한 형태의 능지형은 죄인의 몸에 양념을 뿌려가며 살을 도려내는 방식이었다. 처형이 끝난 뒤 토막 난 몸(대부분 뼈대만 남음)은 죄인이 입었던 옷과 함께 대바구니에

담겨 장대 끝에 내장과 머리와 함께 걸렸고, 다음 날에는 각지로 보내져 경고의 수단으로 사용됐다.

우리나라에서는 죄인의 사지를 말이나 소 등에 묶어 사방으로 달리게 하여 찢는 형벌인 거열車裂, 또는 오우분시五牛分屍가 '능지처참'으로 잘못 알려져 있다.

거열은 소나 말에 사지를 묶어 찢어 죽이는 방식이고, 능지는 신체를 작은 조각으로 하나하나 잘라 죽이는 방식이라는 차이가 있다.

두 형벌 모두 고대 중국에서 기원했으며, 중세 유럽과 한국에서도 시행되었다.

실구지 형제 등은 계획적으로 모의해 상전 내은이를 과천으로 불러내 협박했고, 강제로 겁탈한 후 아내로 삼아 재산을 빼앗으려 했다.

당시 사회에서는 부모 중 한 명이라도 양인良人이면 자식은 양민이 될 수 있었으므로, 실구지가 내은이를 처로 삼으려고 한 것은 그 소생 자식의 면천을 노린 것이었다.

따라서 이 사건은 단순 강간 사건이 아니라, 노비가 상전의 딸을 강간한 뒤 아내로 삼아 재산을 가로채려 한 사건이었으므로 새로 건국된 조선에서는 신분제에 대한 도전으로 간주되었다. 그리하여 대역죄인을 처벌할 때 적용하는 대명률이 적용된 것이다.

오늘날에도 성폭행은 가장 비열하고 반사회적이며 반인륜적인 범죄로 세간의 혹독한 비난을 받는다.

조선왕조 태종실록에 기록된 이 사건도 당시 국가 기강을 뒤흔든 사건으로 인식되어 사회를 떠들썩하게 했다.

이 사건 이후 세 자매의 행적은 기록에서 찾아볼 수 없다. 그러나 이 사건은 당시 국가의 기강을 무너뜨린 사건으로 인식되었을 만큼 사회적 파장이 컸었다. 따라서 내은이 세 자매는 평범하지 못한 삶을 살았을 것으로 짐작된다.

나가는 말後記
불인지심不忍之心으로 기록하다

　고려 말에 명나라로부터 유입된 성리학은 신진사대부新進士
大夫 세력의 사상적 배경이 되었다.

　새로운 학문으로 무장한 이들이 조선 개국의 중심 세력을
형성하면서 조선은 엄격한 성리학적 가치를 가진 사회로 바뀌
어 갔다.

　조선시대 유교적 질서 아래에서는 여성의 정절과 순결이 매
우 중시되었다. 당시 강제로 성폭행당한 여성이 다른 남성과
정식으로 혼인하는 사례는 실제로 매우 드물게 있기는 했으
나, 사회적 금기와 신분 질서, 성리학적 가치관에 의해 사회적
비난의 대상이 되는 것을 피하기는 어려웠다.

　강간 등 성범죄를 저지른 가해 남성은 사형(능지처사) 등 중
형에 처했으나, 피해 여성은 남편의 폭력이나 강간으로부터

피해 여성을 보호할 수 있는 법적·제도적 장치가 거의 없었다. 즉, 가해 남성의 범죄를 억제하는 데 초점이 맞춰져 있었으므로 오히려 2차 피해로 이어지는 경우가 많았다.

성폭행당한 피해 여성이 혼인하는 경우, 대부분은 멸시와 천대를 받았다는 기록이 있다.

대부분은 여성의 신분과 가해자의 지위, 지역적 관행 등에 따라 혼인 여부와 혼인 방식이 달라졌다. 즉, 이들의 혼인은 사회적 낙인과 신분 하락, 가족의 반대 등으로 인해 쉽지 않았으며, 오히려 공식적이 아닌 예외적으로 이루어지면서 사회적 낙인과 고립이 심화되는 경우가 많았다.

일부 사례에서는 피해 여성이 간통 등 역으로 처벌받는 예도 있었으며, 이혼이나 사회적 낙인 등 추가적인 불이익을 겪기도 했다.

한마디로 말하자면, 조선시대 성폭행당한 여성의 법적 보호는 매우 미약했으며, 피해 여성이 오히려 사회적·법적으로 불이익을 받는 구조가 고착되어 있었음을 알 수 있다.

이 글의 주인공인 내은이內隱伊 세 자매는 부모의 극진한 사랑을 받으면서 곱게 자란 엄연한 양반가의 규수들이었다.

그러나 이들의 신분이 그렇다고 하더라도 당시 새로운 학문인 성리학적 가치 질서로 재편되는 사회적 분위기 속에서 다른 양반가의 규수처럼 정상적인 혼인 관계를 맺기란 지극히 어려웠을 것으로 보인다. 더구나 부모나 친척의 도움을 받지 못하는 고립무원의 상태에서는 그 결말을 충분히 짐작할 수 있다.

주인의 재산을 탐하고 이를 가로채기 위해 벌인 노비들의 추악한 짓은 시공時空을 초월하여 비난받아 마땅하다. 이는 인륜人倫을 저버리고 인간으로서의 존엄尊嚴을 말살해버린 행위로서, 용납할 수 없는 추악한 범죄행위이기 때문이다.

맹자는 말한다.

"측은하게 여기는 마음惻隱之心이 없으면 사람이 아니고, 부끄러워하고 미워하는 마음羞惡之心이 없으면 사람이 아니며, 사양하는 마음辭讓之心이 없으면 사람이 아니고, 시비를 가리는 마음是非之心이 없으면 사람이 아니다."

우리는 누구에게나 인간으로서 남의 불행을 차마 눈뜨고 보지 못하는 선한 마음이 있다.

필자가 태종실록에 기록된 이 기사를 소재로 삼아 사건을 재구성해 보려고 한 것은, 오늘에 이르러서도 교훈이 될만한 일이기 때문이었다.

세 자매의 아픔은 단지 그 시대 그들에게만 국한되는 것이 아니다. 시공을 초월하여 오늘을 사는 우리에게도 여전히 남겨진 아픔이기 때문이다.

이들 자매의 그 후 행적에 대한 기록은 알려진 것이 없다. 그저 안타까운 마음으로 유추해 볼 뿐이다.

조선왕조실록의 기사 원문

태종실록 권 7 태종 4년(1404) 2월 27일(양력 4월 6일) (영락永樂 2년) 무술 2번째 기사

상전上典을 강간한 사노私奴 실구지 형제와 박질을 능지처참하다

誅私奴實仇知兄弟及朴質。

漢陽人判事李自知有三女, 長內隱伊年十六, 未適人, 餘皆幼。自知夫妻相繼而死, 內隱伊與二弟, 率婢燕脂及小奴, 欲行三年之服, 家奴實仇知與其弟居果州, 一日來請下居果州, 內隱伊曰: "女道不出閨門。 況今父母沒, 豈可就爾居乎?" 奴曰: "主典衣食, 在吾二人。 若不聽吾計, 將不顧而逃之。" 內隱伊不得已至其家, 奴等欣然供饋。 夜深, 實仇知匿其妻弟朴質於房, 裸內隱伊而付質。 內隱伊大呼, 二弟與燕脂等亦然, 實仇知與其弟, 執二弟而不放。 內隱伊强拒, 至五更力盡, 朴質縛其手足而强奸。 內隱伊逃訴于漢城府, 漢城府執實仇知兄弟及朴質鞫之, 吐實。 報議政府以聞, 按律陵遲。

번역

사노私奴 실구지實仇知 형제와 박질朴質을 베었다.

한양漢陽 사람인 판사判事 이자지李自知는 딸 셋이 있었는데, 맏딸은 내은이內隱伊로서 나이 16세에 아직 시집가지 않았고, 나머지는 모두 어렸다.

자지自知 부처夫妻가 서로 연이어 죽으매, 내은이가 두 동생과 더불어 여종婢 연지燕脂와 소노小奴를 데리고 삼년상을 행하려고 하였다.

가노家奴 실구지實仇知가 그 아우와 더불어 과주果州에서 살고 있었는데, 하루는 그가 와서 과주로 내려가서 살자고 청하였다.

내은이가 말하기를,

"여자의 도리는 안방 문閨門을 나가는 것이 아니다. 하물며 지금 부모님이 돌아가셨으니 어찌 네게 가서 살 수가 있느냐?"

하였다. 종이 말하기를,

"상전主典의 의식衣食이 우리 두 사람에게 있으니, 만일 우리 계교를 듣지 않는다면 장차 돌보지 않고 도망하겠습니다."

라고 하였다.

내은이가 부득이하여 그의 집에 갔더니, 종들이 기쁘게 공궤供饋(높은 분께 음식 드리는 행위)하였다.

233

밤이 깊은 뒤에 실구지가 제 처남妻男 박질朴質을 방에 숨겨 놓고, 내은이를 발가벗겨서 질質에게 맡겼다.

내은이가 크게 소리를 치고, 두 동생 연지燕脂 등도 또한 크게 소리를 쳤다. 실구지가 제 아우와 더불어 내은이의 두 아우를 붙잡고 놓지 않았다.

내은이는 굳세게 항거하다가 5경五更에 이르러 힘이 빠지니, 이에 박질이 그의 손발을 묶고 강간强姦하였다.

내은이가 도망하여 한성부漢城府에 호소하였다. 한성부에서 실구지 형제와 박질을 잡아다가 국문鞫問하니 사실대로 토설吐說하였다.

의정부議政府에 보고하여 계문啓聞하니, 율律에 의하여 능지처참凌遲處斬토록 하였다.

한국사 비사秘史 열전 1
조선시대 노비의 여주인 '강간 사건'

초판 1쇄 발행   2025년 12월 30일

지은이   장원섭

펴낸이   김왕기
편집부   원선화, 김한솔
디자인   푸른영토 디자인실

펴낸곳   **푸른영토**
　　　　　주소　　　　경기도 고양시 일산동구 호수로 606 A동 908호
　　　　　전화　　　　전화 | 031-925-2327 · 팩스 | 031-925-2328
　　　　　등록번호　　제396-2013-000070호
　　　　　홈페이지　　www.blueterritory.com
　　　　　전자우편　　book@blueterritory.com

ISBN 979-11-92167-04-6　　03810
ⓒ장원섭, 2025